暗黑女子

暗黑女子

暗黑女子

[日] 秋吉理香子 著
潘越 译

時代文藝出版社

图书在版编目（CIP）数据

暗黑女子 / (日) 秋吉理香子著；潘越译.—长春：时代文艺出版社，2020.1（2023.12重印）

书名原文：暗黒女子

ISBN 978-7-5387-6071-2

Ⅰ.①暗… Ⅱ.①秋… ②潘… Ⅲ.①推理小说－日本－现代 Ⅳ.①I313.45

中国版本图书馆CIP数据核字（2019）第049340号

出品人 陈琛

产品总监 郭力家

责任编辑 刘瑀婷 闫松莹

插图绘制 彼岸文化

装帧设计 陈阳

排版制作 隋淑凤

暗黑女子

[日] 秋吉理香子 著 潘越 译

出版发行 / 时代文艺出版社

地址 / 长春市福祉大路5788号 龙腾国际大厦A座15层 邮编 / 130118

总编办 / 0431-81629751 发行部 / 0431-81629758

官方微博 / weibo.com / tlapress

印刷 / 三河市万龙印装有限公司

开本 / 880mm × 1230mm 1 / 32 字数 / 148千字 印张 / 8

版次 / 2020年1月第1版 印次 / 2023年12月第4次印刷 定价 / 32.00元

图书如有印装错误 请寄回印厂调换

○目　录●

关于黑暗火锅会

发言人：会长　澄川小百合

各位，衷心地感谢大家能在这个风雨交加的夜晚前来参加文学社的沙龙活动。

今天，是我们圣母女子高等学院文学社本学期的最后一次文学沙龙。谨由我——现任会长澄川小百合——向各位发表会前致辞。请大家一边享用热饮，一边听我说吧。

我们的文学社是一个成员不足十人的小型社团，今天的例会全员都到齐了。照明的灯光有些暗，大家的脸看上去有些朦胧，不过各人坐在各自的位置上，谁是谁还是看得明白的。

——总之在发生了那件事之后，大家今天仍然都能来参加活动，实在是非常感谢。

为什么今天的活动现场灯光会如此昏暗呢？各位一开始或许会对此感觉奇怪吧。没准还有几位是向前辈们打听了我们文学社沙龙的各种情报后，才兴冲冲地混进来参加也说不定。总之，在昏暗中，平常很容易看清楚的东西也变得模糊了，感觉有种特别的气氛呢。

我们现在所围坐的桌子是一张黑色的大理石圆桌。在它的正上方，是平常华丽闪耀的巴卡拉[①]式黑水晶吊灯。今天我们已将吊灯的光线调至最暗，等到一会儿活动正式开始的时候，吊灯就会完全熄灭。到时候，我们现在每个人手中所持的蜡烛就是唯一的光源了。

我们举行这次文学沙龙的场地，位于这座学院别馆校舍的一楼，是专属于我们文学社的。室内的地毯和墙纸都是薰衣草色的，法式窗户旁挂着黑色的厚重的双面窗帘。在那个细脚的古董小壁橱旁边，放着一张戈伯朗织染的沙发。

这座别馆建筑原本是一座哥特式修道院，是在与我们学院合并之后才改建为校舍的，但现在看来这些装饰并无违和感呢。无论是谁初次被邀请来到这里，都会产生一种如同走入安娜苏的女装店一般的奢靡感觉。但是，此处所拥有的绝不单单是美丽和优雅，靠墙一整排的书架上，尽是精挑细选出的图书。因为我校是宗教性女子学校，去学校图书馆所见的大部分是基督教书籍与内容晦涩的图书。因此，反而是在这里，特别收集了那些学校不予

---

① 巴卡拉（Baccarat）：法国著名的装饰、灯饰品牌，水晶饰品尤其华丽。

收藏的各个领域的图书和资料。是不是有一点儿像私人图书馆？仅仅这些图书便已经能算是我们社团最宝贵的财富了。

此外，为了让我们的社团成员能够不受校园内的喧嚣的打扰，心无旁骛地埋头于读书和写作活动，学院还专门为这里安装了隔音墙，窗子上的玻璃也是隔音的。所以我们在这里可以举行所有类型的文学沙龙活动，比如阅读课题图书之后互相阐述感想的读书会，关于某位作家、作者的研究发表会，原创作品的朗读分享会，关于文学整体发展的讨论会等等，不会被学院的其他人或其他活动干扰。

当然，我们今天之所以能够拥有这样一个近乎完美的文学沙龙活动场所，完全是因为前会长白石泉父亲的赞助。这个将修道院改造为别馆校舍的工程是在两年前——也就是白石泉进入高年级部时——她父亲为学院捐献了大量资金的时候开始的。白石家族掌管着我们学院的经营，相信这一点大家都是知道的。因为白石泉是我们文学社当时的会长，所以这个沙龙活动室才能够与改造工程同时，在一楼、光照条件最好的东南角上被营造起来。对于我来说，这里真是无法被替代的空间。任何一间教室，都不如这里让人感觉自在。我想大家一定与我有一样的感受吧？即使在家里都感觉读不下去的书，拿到这里便能聚精会神地读下去了；总感觉写不下去的小说，在这里也能运笔如飞了。在寒冷的季节，可以手中端一杯热可可，歪倒在暖炉前的沙发里，评判大家创作的小说；在夏天，可以一边喝着柠檬汁润泽喉咙，一边进行文学论战。没错，这里就是我们文学社成员的梦想城堡。

将活动室的照明度降低到现在这个状态，与平常截然不同的氛围，各位感觉很不错吧？蜡烛上细小的火焰，天井中的吊灯，墙壁上的壁灯，所有这些光源发出的光线只能让大家的身影轮廓浮现出而已，真是充满了神秘而庄严的气氛。

如果是平常，我们一定会在这张打磨光滑的桌子上放置着伟吉伍德[①]的茶具和热烤饼，还有散发着香味的果酱。但是今夜，所有这一切都被收起来了。在我们眼前的黑色大理石桌上摆放的是——说起来貌似是与我们沙龙的氛围有些不相称的东西，大家看明白是什么了吗？

对，是个火锅。被抛光发亮的，铜色的火锅。这可是来自法国莫维尔牌的锅哟。

因为今天在场的除了原有的社团成员，还有新生和留学生，因此我要对今天的沙龙活动进行一个更详细的说明：

今天我们将采用“黑暗火锅”的形式进行活动。在黑暗之中，大家将各自所带来的，各种不可思议的食材统统放入火锅中，然

① 伟吉伍德（Wedgwood）：英国著名的古典瓷器品牌。

后一起品尝。

对于女生，特别是对于我们学院的女学生来说，可能不太熟悉这样的做法吧。但其实我们文学社，在每学期放假之前的最后一次文学沙龙，都会以黑暗火锅的形式举行活动。

嗯？你问为什么会有黑暗火锅会？

说起来……咱们社团对黑暗火锅会的历史有各种各样的说法。最初似乎就是因为觉得有趣就开始了——大概一直享用奢华昂贵的食物，出于好奇心也想要尝试一些比较奔放、随意的东西——但是我在各种说法中最为认同的是前辈们试图通过黑暗火锅来磨砺自己的感觉。

你们想呀，在黑暗之中吃东西，是不是更能够调动起五官的感觉，细细品味？

将日常司空见惯的光线屏蔽掉，却依旧做着日常所做的事情……如此一来，即便是最普通的行为，也能令人在某种程度上体会到不一样的感觉。感受不仅仅依赖于视觉——这对有志于文学者而言，是非常非常重要的事情。大家也是这样认为的吧？因此，我在各种说法中最认同这一种。

例如，我们现在正在享用的热饮。在如此昏暗的地方喝着，是不是会有不可思议的感觉？热饮的颜色是奶色还是咖啡色？上面漂浮的是什么？它的味道是甜还是苦？它的样子是黏稠还是顺滑？在这些都不知道的情况下便送到了嘴边，确实是需要些勇气的吧？当然，请大家不用担心，我们冲调热饮一定是使用可以制作热饮范围之内的食材。因为说到底，咱们这只是女子的文学社团会。在座的各位平时喜欢的都是些美味的饮料吧？那么即将面对不知道有什么样的食材放入其中的火锅……要将其中食物送入口中，感觉还是有点儿恐怖的吧？

在视觉被剥夺的情况下，嗅觉、味觉、听觉还有触觉，它们会有怎样的反应？磨炼五官的感觉，先是感觉遭遇了背叛，然后又得到了释放。这就是我所理解的我们举行黑暗火锅会的宗旨。

接下来，我谨说明黑暗火锅会的活动规则：

一、在将捞入自己碟子里面的食物全部吃完之前，是不能再捞其他食物的；

二、火锅中煮的所有东西，大家要一起承担责任，要将其全部吃完；

……

我也记不清是哪一次的黑暗火锅会了……那个草莓大福[①]确实

① 大福：日式麻薯，一般包红豆馅儿。草莓大福包的是红豆和草莓馅儿。

是给了我一个教训呢。那次从一开始到结束的味道都变得其甜无比。放进去后大家便拖拖拉拉起来，最后内馅儿完全融化在汤里面捞也捞不出来了……会不会这一次也有人带来了这东西呢？不过无所谓，原则就是带来什么都可以的嘛。

说起这些事，我又想起不知哪一次，有人捞出了一块香奈儿的手表。因为是在黑暗中，最初只是搞明白了这是一只手表。因为规则是捞出来的东西不吃完就不能再捞其他食物，因此那个人就没法再吃其他东西了，很是抱怨。一直等到吃完了火锅，大家开始享用乌冬面和杂烩粥时，把灯打开来一看，手表竟然是香奈儿的，而且是限量版，大家都兴奋起来。在吃火锅的时候被大家不停笑话好可怜的那个人啊，一瞬间就成了被大家羡慕的对象了。那块手表虽然有防水设计，但是经过高温煮沸，而且似乎还受到过严重的撞击，后来又花了不少修理费才修好。但毕竟是很难买到的限量版，只花些钱修理就能拿到手，我想还是很划算的啦。

那位幸运的女孩子究竟是谁呢……啊对了对了，就是泉，白石泉。那次泉闹得好厉害呀……

——对不起，不知不觉又把话题绕回到她身上去了。我完全不想再让大家沉浸于悲痛之中的，真是太对不起了。

我接着说下一条规则吧——哎呀，初次来参加的同学不要那样害怕啦。当然会碰到难吃到吃不下去的情况，但是最后总归会为各位准备点心，把味觉弥补回来的。只要这还是女子社团会，美味的饮料和甜点就是不可或缺的哦。

黑暗火锅会的甜点按规定是要由会长亲手制作的。我从今天早上开始就为这事费心费力地准备了。去年做过了奶油乳皮、蜂蜜拌梨、草莓巴伐露[①]，而这一次……嘻嘻，就作为最后的乐趣吧。

说起那个草莓大福实在是难以忍受，还有蜜瓜味的冰糖浆也同样是难以下咽。那个汁液特别黏稠，还有一股煮烂了的合成香料味道，等到吃完打开灯一看，舌头都被染成绿色了……啊，即使现在说起那一次的味道，依然会全身颤抖啊。今年不会还有人把这种东西给带来吧？真是每次想起来都会冒冷汗啊。

对了，还有一条规则，那就是无论谁带来的东西，即使在火锅会结束之后，都不要透露，也不要互相试探。否则，每次的模式都会被猜出来，那就无趣了。

但是在我们当中，也有人带来了很让人愉快的东西。到现在为止最让我感觉愉快的就是燕窝。富含有美肤效果的物质，吃着也很顺口，总之是女孩子最爱的食材了。应该说燕窝算是历届最佳食材了。鱼翅、胶原蛋白，这些富含有益物质的食材也大受欢迎，所以今年我也非常期待能有人带来这些美容佳品呢。

---

① 巴伐露（bavarois）：一种用水果混合牛奶、蛋黄等制作的法式甜点。

此外——

今晚还有一件非常重要的东西，大家是不是都没有忘记带来呢？

对，就是短篇小说。

虽然说是黑暗火锅会，但我们作为文学社团集会的最主要内容还是这个。每次，成员各自写好一篇短篇作品，在吃火锅的同时依次朗读。这次大家应该也都已经写好了，对吧？

在黑暗中，只闻其声，不见其人。一边体验视觉被遮蔽、五官感觉被颠覆，一边听其他成员创作的小说，这难道不是最高级的情景设定吗？这才是我们文学沙龙的精髓。也正因如此，我们的活动才能如此长时间地持续举办至今。

以往每次大家所写的题材都是自由的，但这次由于那件事情的发生，抱歉我只得事先规定题材了。大家都要在这个规定题材内进行写作，而且这一次时间上也并不充裕，所以确实是挺困难的。不过，我想各位也可以将这次的创作看作是面向未来的，一次重要的创作练习来对待吧。

——这一次的题材，就是关于前会长白石泉之死。

我和泉是从初年级部以来一直相伴的好朋友。因为我们两个人每天都在一起，因此我至今仍然很难相信她已经不在了。

周围的人经常说我和泉的性格不同，甚至是完全相反的。泉为人积极、公正，对任何事情都要分出个黑白对错来才行。而我呢，生来身体就比较弱，不那么强健，所以一直是躲藏在泉的影子里安静地存在而已。

我们两个人之间的友情历经多年，很多周围的同学都很好奇，我们两个性格截然不同的人在一起，会不会有极端相反的感觉？一般相似的两个人，不是互相强烈吸引，就是互相强烈排斥，而完全相反的两个人也是一样，不是互相吸引，就是互相排斥，基本不存在中间地带。但其实随着个体的成长，我们在这方面都会进行聪明的自我控制。无论我们和朋友是相似还是不相似，是合得来还是合不来，都会有一套处世之道，才可以从容地融入社会生活中去，是这样吧？

但是在我们现在这样的年纪就学会这样的处世之道并不容易。因为对我们来说，自己的感情与感受才是最重要的、第一位的。这是相比任何其他东西都必须予以守护的。因此或是将自我抹杀，或者是被他人抹杀自我——女孩子的友情就是如此极端化的——就如同夺人性命的生存游戏。再加上我们这里，又是这样一所女子学校。大家也有同样的感受吧？

从以上意义而言，泉和我是互补的最佳拍档。我所不擅长的领域，她能够全部予以补足。互相之间不存在排斥相杀，完全是互补共生的关系。我因为一个人去参加志愿者活动而紧张时，她便和我一起去；我因为要不要去短期留学而犹豫迷茫时，也是她鼓励了我；我对课堂辩论感到很困难的时候，她也来做我的练习对象。而反过来，我也相信自己是泉最好的拍档。泉所不擅长的烦琐工作——这个社团的活动策划、合宿的安排与预先调查，填大学志愿的调查等，我都可以帮她一起完成。我们两个人简直是合二为一。泉经常对我说："啊！我要是没有小百合的话真不知该怎么办啦！"其实对于我来说又何尝不是如此。如果没有泉的话，我的许多经历便不会存在了。

社团顾问北条老师曾评价泉和我"简直就像是太阳和月亮一般"。一开始我还觉得他作为语文教师居然只会用这么陈腐老套的比喻，简直不可想象。但如今失去泉之后，我才明白其中的意味。泉确实就是我的太阳，如果没有了泉，我也就失去了光辉。只有泉存在，我才能够存在。

因此，泉去世之后，就如同我自己的半个身体也被拿走了一样，甚至就连走路都是摇摇晃晃的。自她走后每天都是如此。

为什么泉会去世呢？

答案我至今也没有找到。

泉离开我们已经有一个星期的时间了。真的，仍然难以置信。各位也是一样无法相信吧？但事实确实如此，那个曾经开朗活泼的泉……最后，以那种方式……

对不起，我忍不住要哭了。

啊，当然我是知道的，有传闻说这里在座的某位社团成员杀死了泉。你们问我相不相信这个传闻，嗯……怎么说呢……

泉的死亡到底是自杀还是他杀——就连这一点我们现在也还没有搞清楚吧。

是的，泉的死亡充满了谜团。因为我们各位都没有获得允许去参加葬礼，也没有被告知到底发生了什么。泉的父亲、母亲、弟弟和树君，都不肯透露任何信息……

那个场景至今仍然会出现在我的梦中：满身是血，向下伏倒的泉……

大家那个时候也都在现场，也都和我一样看到了泉的尸体吧？为什么泉会死在校内？为什么会倒在阳台下的花坛之中？又为什么手里会握着那样一件东西？泉想要向我们表达什么讯息呢？

这一个星期的时间，我每天每天都不停地在思考这些问题。

因此，今夜在这个泉生前深爱的沙龙中，与全体文学社成员和其他在座的各位一起，我将投入一切感情去怀念泉。

我尽管是主持人，但今夜的主角只能是我们所挚爱的亡友白石泉。

实际上，我曾经犹豫过是否要中止这次文学社的沙龙活动。但是社团在泉的高中生活中占有极为重要的位置，甚至可以说泉将课业外的全部心思和时间都投给了文学社。她是真心打算未来成为作家或者文学评论家的，所以几乎是每天放学后都来到这里阅读文学作品或与其他成员进行热情洋溢的研究讨论。也正是因为她对文学如此热爱，她的父亲才会斥巨资改造这里，并把整个场地都赠送给了文学社。所以我想，大家与其在不同的地方独自祭奠泉，倒不如聚集在社团的沙龙活动室，一起怀念泉的往事，这里应该是再合适不过的了……各位也是这么想的吧？所以，我才会排除顾虑，赞同并组织这次沙龙活动，邀请大家来此共处一室。

我想，泉在九泉之下也一定会对此表示高兴的。因为我是了解她的。

然而……我无论如何都想知道真相，在泉的身上究竟发生了什么事？

因此，才拜托大家从各自的视角出发，将有关泉的事情作为主题写下来。

以泉的死亡为主题的小说，同时也是献给泉的小说。希望各位能将这不幸的事实尽可能详细地回想并记录下来，互相分享。将泉的死亡以小说的形式加以升华，我想真相一定会浮出水面的。

那么积极的白石泉为什么一定要死去呢？还是说——果真是在座的某人杀死了她？

……刚才这个炸雷真响啊，大雨的声音好像也越来越激烈了。不过这夏夜的雷雨交加，倒是很符合我们本次活动的氛围呢。

那么就开始吧。

请将吊灯完全关闭。各位准备好了吗？

灯光消失之后，借助蜡烛的光亮，我将开始把汤与食材放入锅内，然后便请各位依次开始朗读。我们在暖炉旁摆放了沙发，准备了烛台，提供了朗读的空间，请大家在那里朗读自己的作品吧。

下面我宣布，第六十一次圣母女子高等学院文学社例行“黑暗火锅朗读会”现在开始——

容身之所

朗读者：一年级 A 班 二谷美礼

我绝不可能忘记那时的景象。

浑身鲜血、被急救担架抬走的美少女。她犹如陶瓷一般白皙的手中，还握着一束美丽的铃兰花。

明明是一个人死去了，那场景却充满了美丽的梦幻，拥有令见者动容的魅力，甚至让我忘记了悲痛。

这位女生的死亡，我此生绝不会忘记。

我与这位女生——白石泉的相遇，是在我入学后不久。

我从小便感觉自己没有容身之处，无论是在家里，还是学校，哪怕是在连接家与学校的路上，以及同窗们会绕道去的便利店，我在任何地方都有一种无法摆脱的疏离感。我的家是一套两房一厅带厨卫的公寓房，要住五口人，自然是没有办法拥有自己房间的，因此从现实条件来讲也不存在“容身之所”。我和上初中的妹妹住一个房间，两个上小学的弟弟住另一个房间，我们的单亲母亲就只能在 8 榻榻米[①] 的客厅角落里面睡沙发床。

我并不太清楚母亲为什么会一个人抚养我们四个孩子。即使是离婚吧，也应该是父母双方各自抚养两个孩子，为什么不这么做呢？我每次回到家，看着只有 60 平方米的房子却要塞入五个人生活的场景，便不禁想问，为什么父亲不至少领走一个孩子呢？还是说母亲一个孩子也不想放弃？关于这些事情有人告诉我就好了，但是母亲从来没有说起过。父亲虽然也很少说起什么，但是每次见面的时候，他倒总是会向我们强调每个孩子每月 25000 日元的抚养费他是都有支付的，并以此为傲。

“也就是说啊，每个月从我的工资里面一下子就消失 10 万块钱啊！”每次和我们四个孩子一起坐在家庭餐馆的位子上喝巧克力奶昔，父亲一定会说这句话。这个时候父亲总是显得很骄傲，而且老实说，他并没有要孩子们报恩，或者是给人一种吝啬钱财的感觉。他发自内心地享受着与孩子们不定期的见面，有的时候——比如赌马赌赢了的时候——就不会带我们去家庭餐馆了，而是去豪华的中餐馆或是烤肉店大吃一顿，也从不会显露出担心两个弟弟胃口太大的神色。

---

① 约合13平方米。

母亲也从没有在我们面前说过父亲给的养育费少啊、给多点儿才好啊之类的抱怨。她很平和地去工作、照顾我们，在没有工作的日子里便打一些临时工，就这样过着日子。

虽然说我离婚的父母之间并没有什么怨恨，但也不能说我们的生活就有多快乐。说极端一点儿的话，我的家就是很穷。父亲是出租车司机，母亲是超市的收银员，有时也做洋服裁剪、修边的临时工作。以我这样的家境，还能够进入这一带有名的基督教女子学校——圣母女子学院的高年级部就读，完全是靠着学院所提供奖学金的制度。

制度是这样的：

在初年级部、中年级部和高年级部所有的录取考试合格者当中，选择一名成绩优秀且因经济条件较差而难以升学的学生，免除其全部学费，并提供交通费、书本费以及其他与学校生活相关的一切杂费。学生没有返还以上费用的义务。

我很早开始便憧憬这所学院了。在电车上看到圣母女子学院的女生们清爽可人的制服，以基督教为核心的严正的校风，并且最重要的是，女学生们脸上都散发着光芒，都令我无比向往。

如果能在这所学院就读该有多棒啊！就算贫寒如我，如果能通过考试并被选为奖学金获得者，也是可以就读的——因此我从小学高年级开始便奋发苦读。因为没有足够的钱上私塾或者请家庭老师，就只能买参考书，将里面的习题反复研习到书本里面都涂满字的程度。

最后，当我收到学院高年级部的录取通知书和获得奖学金的通知书时，真是欣喜若狂了！这就是我的愿望，我没有放弃坚持并终至实现，我竟然真的能够获得仅仅只有一个名额的奖学金！

在开学典礼之前，为了量校服的尺寸、领取学校定制的书包、办理入学手续等事情，我多次来到学院。初次踏足校园之中，我的心激动得都有些疼痛了，见到穿着制服、端庄得体的学姐前辈们，想到自己未来也会变成这样，就不禁心跳不止。

可是，入学两周之后我发现，我的容身处也不在这里。

虽然也交到了朋友，但也只不过是有了一起吃盒饭的同学。自己不属于这里的感觉仍旧一直持续着。上课时、进行上下课堂祈祷时，只有我显得不合时宜。

开始，我以为是因为这里只有我一个人是靠奖学金过日子的，如果拿不到奖学金就无法入校，所以这种孤僻感来自于我对那些生活富足的同学们的忌妒心，但当我开始尝试打工之后，便发现并不是那么一回事。

我和母亲在同一间超市打工做收银员（虽然我知道学校是严厉禁止打工的），就是在超市里面也并没有和差不多年纪的同事合得来，只是默默地过着每一天。虽然在一开始的时候，也有同事在休息时间过来和我搭话，但听说我是圣母女子学院的学生后，便感叹一声“哦”，第二天开始就只是远远地张望我了。

——为什么圣母女子学院的学生会在超市打工呢？

——啊！原来不是有钱人家的啊，那应该绝对上不起圣母女子学院的。

——可是先前看到她穿着那个制服啊。

——真的？不可能吧！

我在休息室门外听到这样的谈话，觉得自己果然就是如此不上不下地存在……我只能这么想。

直到我遇到了白石泉。

我至今仍清楚地记得与白石泉初次相遇时的情形。

那时的我只是在假装融入学院方面做得越来越拿手了，但心内并没有真正喜欢学院的生活。因此，一到休息时间，我便一个人走到校舍三楼的天台上面，越过栏栅眺望整个校园。

天台上除了我，很少有人上去，所以总是格外安静。这里以前似乎是很热闹的地方，但自从第一校舍的阳光房建成后，大家便都到那儿去晒太阳了。阳光房的天花板是用防紫外线透过的玻璃组装的，在里面既不用担心天气，也不会被晒黑，对于女生们来说当然是有很强吸引力的。

我总是在天台上眺望校园一角的小教堂。就是那座古老的木制教堂，三角形屋顶上立着十字架。那个能够容纳全院学生的大教堂是新的教堂，所以这个就被称为旧教堂。虽然每天早上和放学前的班会“祈祷”活动只是在教室中歌唱，但是宗教性的课程还是要前往旧教堂的，在那儿听修女教诲、唱圣歌。旧教堂中有粗糙的木制长椅和走调的管风琴，还有祭坛上供奉着的耶稣基督十字架受难雕像，每个细微之处都涂了颜色。

我每次去旧教堂，心情都能不可思议地平静下来。这个学校原本就是英国的修女战后来到日本，为了在基督教精神的基础上实施女子教育而创建的。圣母女子学院的教育从初年级部一直连续到短期大学，校舍与并立的修道院历经岁月洗礼仍旧保持着简洁的造型，简直令人感觉它们并非是存在于日本的建筑。至于十年前建造的新教堂，入口处供奉着优美的圣母玛利亚雕塑，祭坛的背后是由著名基督教艺术家设计的大型立式玻璃镶嵌画，在整个校园之中拥有压倒性的美丽和存在感。相比而言，旧教堂没有华丽的装置，但那种朴素的宁静，却让我感觉能够自然地将自己融入其中。

直接坐在天台的栏杆边，不时眺望旧教堂，阅读一本埃兹拉·庞德[①]的诗集，这就是我最喜欢的、打发休息时间的方法。

“你一直在这里呢。”

突然有人冲我打招呼。抬头一看，白石泉正眼睛一眨不眨地看着我。

“喜欢读书吧？看你一直在读。”

“嗯，是……”

白石泉居然和我说话！

我从入学开始就知道她的事。我们学院一个年级只有三个班级，所以人数并不多，又因为是女子学校，所以容貌秀丽的学姐肯定会成为后辈学妹们憧憬学习的对象。况且她的父亲又是学院的董事长，就算是在这个充斥着富裕家庭贵族小姐的学院中，泉的家庭也富有到其他人没法匹敌的程度，而我得到的“白石纪念奖学金”正是她父亲设立的。因此说来，我是受了她父亲的照顾才得以在这所学院就读的。

其实与我是不是奖学金获得者并没有什么关系，凡是圣母女子学院的学生，都不可能不知道白石泉。无论初年级部、中年级部，还是高年级部，全校学生都会仰视这位美丽又聪明的女生，

---

① 埃兹拉·庞德（Ezra Pound）：美国20世纪著名的意象派诗人。

她的举手投足、一举一动都会被关注，被视为学院的典范。

我第一次在这么近的距离看着泉，不禁有些恍惚。泉说："我在主持高年级部的文学社。如果你这么喜欢读书，不如来加入我们的社团吧！"

当然，我是知道文学社的，而且每个人都想成为那个社团的成员。那个位于别馆校舍中的特别沙龙，还有各式各样的社团活动，学院里有很多关于它的传闻，文学社成为所有女学生都向往的地方。全院几乎所有女生的梦想就是，哪怕一次也好，能够在那个沙龙中品尝红茶。

泉的社团虽然叫作文学社，但并不是只要对文学有兴趣，谁都可以加入的。首先，就是白石泉的邀请，如果没有泉的邀请是没有办法入会的。反过来说，就算是对文学并没有多大兴趣，也不太会写小说或是发表评论，甚至于读书也不是很在行，但只要白石泉愿意发出邀请，就可以入会。所以目前文学社的五名成员，都是泉自己特别选定的同学，她们自然也是受人瞩目的对象。也就是说，这里带有某种社交俱乐部的性质，只要加入其中便是在学院地位的象征。

"我真的可以加入吗？"我小心翼翼地确认，一瞬间有些蒙，但还是照直问道，"我听说不是很特殊的学生是不能加入的。"

泉爽朗地大笑起来。老实说，这笑声与我对她的印象并不相同，但却是好事，让我心中一下子涌起对她的亲近感。

“哪有啊？谁加入我们都欢迎呢。就是因为传言四处扩散，结果搞得现在没有一个人来主动敲门。来，我们走吧。”

“不，我……”

“用不着那么客气的——你的名字是二谷美礼吧？”

我吃了一惊，直盯着泉的脸。我知道泉的事情属于正常，但她能够叫出刚入学的新生——而且是我这么不起眼的新生的名字，实在是意想不到。泉似乎察觉到我的惊讶，爽快地说：“因为你是今年高年级部的奖学金获得者呀，很受瞩目的哦。”

是这样的吗？

我一直觉得告知周围同学自己拿奖学金的事，无异于暴露自己的家庭状况，甚感羞耻，因此从没主动向同班同学讲起，也没有听到老师向其他同学说起过这件事。但是在这个规模不大的女子学院中，传言总是会扩散开来的，以至于每次我想挺起胸膛与其他同学站在一起的时候，突然之间就会觉得难堪起来。

“嗯，那就先来一趟沙龙吧，我们那里可是有不少值得骄傲的书籍收藏哟。至于要不要入会嘛，你多考虑一下也可以。”

“都收藏了些什么书呢？”我感兴趣起来。

“嗯，让我想想……感觉你会喜欢艾略特[1]这类吧。当然，埃兹拉·庞德也是有的。”

我实在是很想看。因为泉说的那些都是精装版的高价书，绝不是如我这样的人可以买得起的。

于是，我便应她的邀请一起去了沙龙。

我怎样才能将初次踏足沙龙时的激动心情表达出来呢？悬挂在高高的天井上的、黑色闪耀的水晶灯，柔软的绒毛地毯，外国设计制造的艺术沙发，壁橱中放置着吉诺里[2]、伟吉伍德的高级餐具，由烧砖搭建的暖炉，还有那一整面墙壁上都是藏书！外文的书有很多，好似将墙壁化为了艺术品一般。

正当我即将被那扑面而来的震慑压倒的时候，泉从书架上抽出了一本书。

“埃兹拉·庞德的《人性》。这本书非常稀有，而且是签名版。可以的话就请阅读吧。”

我接过这本灰色封皮的书，震惊不已。我之前就有所耳闻，

---

① 艾略特（Thomas Stearns Eliot）：英国诗人、剧作家和文学批评家，诗歌现代派运动领袖。

② 吉诺里（Richard Ginori）：意大利著名的茶餐具品牌。

这本书在 19 世纪 20 年代出版之后便被世人称为奇书，现在其价值大约在百万日元以上。而如今这本书就躺在我的手中。我手指颤抖着打开封面，在书名的左侧是笔迹很粗犷的埃兹拉本尊的签名。

“太厉害了，为什么会有这本书？”

“这本书是我父亲读过之后拿来的。这个沙龙里面类似的珍品书不少哦。你喜欢的话随便哪本都可以拿来看的。”

真是太好了！我的心中一边这么想着，一边用视线慢慢扫过一层层的书架。

“藏书可以慢慢看，先喝一杯茶吧。”

有另一个女生从别室推来了一辆小餐车。

“是新来的吧？我是副会长澄川小百合，请多关照。”

小百合一边将小餐车上的茶杯和蛋糕碟子等端到桌子上，一边向我微笑致意。我也是从入学的时候便知道小百合的事了。她与白石泉是从初年级部开始就要好的好朋友。在她的身上有一种与白石泉的美艳所不同的恬静气质。闪亮的黑色长发，柔软的白皙肌肤，连唇膏都没有涂，全身上下唯一的装饰便是一条十字架项链。但即便如此，她的全身依然发散出一种犹如朝露般的美感。

她们两个人站在一起的时候便产生出一股独特的气氛。犹如银幕上令人不得不屏气凝神的巨星，就是那样的气场。

“泉，这位不是今年的奖学金获得者吗？”小百合问道。

“是的，看到她喜欢读书，我就打招呼了。”

“你在奖学金考试的时候所写的也是有关读书的论文呢，肯定是拥有犀利视角吧。如果能参加我们社团的话，就太令人愉快了。”小百合一边微微笑着说道，一边请我吃碟子里的甜品。那是很适合春天品尝的草莓挞。

“真好吃！”我吃着吃着，便不禁叫出声来，“这是澄川前辈做的吗？”

“我也很想说是我做的，可惜不是。我们成员之中有一位非常会做点心，做甜品这样的事就完全交给她负责了。我来向你介绍吧。小南同学，请到这边来一下。”小百合向里面呼唤道。

我被沙龙室内的装饰和藏书搞得目眩神迷，都没有注意到沙龙里面还连着一个厨房。

“正巧松糕烤好了，请品尝一下吧，味道行不行？”

一个穿着白色围裙的女生从厨房里走出来，手中托着盛放松糕的餐盘。一头卷曲的长发一直披散到腰间，一张娃娃脸，非常可爱。我突然之间感觉自己是不是走错了地方，又不安起来。

“这位是二年级的小南茜同学。因为她特别喜欢这个厨房，所以和读书比起来，花在试验各种奇怪菜谱上的时间要多得多呢。”泉带着淘气的神色笑了起来。

“哎呀，我也有读书的啊。白石前辈怎么能这么说呢，真是。”

小南可爱地嘟起嘴来，佯装出生气的样子。

这时候，门打开来，有三位女生一起走了进来。

“哇，真香啊！”

“今天做的是什么点心呀？”

三个刚进来的女生也不先打个招呼，都在拿鼻子嗅着味道。

“哎呀，大小姐们，在新人面前可要注意点儿举止哦。”小百合笑着对她们说。

于是，她们三人才注意到我的存在，吐了吐舌头，互望了一眼。

“我是二年级的高冈志夜。白石和澄川前辈将这个社团重新组建起来后，我很荣幸地成为首位加入的新会员，现在也算是一名从事写作的作家了。”说这话的高冈前辈是一位梳着马尾辫、爽朗帅气的美少女。

“我是三年级的古贺园子，与泉、小百合是同班同学，请多关照哟。”古贺前辈戴着厚眼镜，明亮的眸子虽然藏在镜片后面，但依然闪闪发光，一看就知道是知性少女。

“狄安娜·德切娃，我是留学生，从保加利亚来！”她的面庞犹如雕塑一般精致，仿佛来自东欧的精灵。

她们每个人都拥有个性鲜明的魅力与姿态，为什么只有自己……我感觉自己好像又要陷入悲哀的情绪，但情绪的滋长立马被打断了。

“好啦，全员都集合了。现在开始，下午茶时间！”

小百合将皇家哥本哈根的全套茶具摆放出来，茜将松糕一块块放在每个人的碟子里。

好像做梦一样，我这样的人居然被邀请进入了全校女生都憧憬的沙龙，与尊贵的文学社成员们一起享用下午茶。在其他成员嬉笑的交谈中，我插不上嘴去，便只是默默地吃着松糕。

“二谷同学，你平常读什么样的书啊？”古贺园子向我搭话。

“最近我正在努力阅读塞缪尔·贝克特[①]的作品。”

“哟，很独特的兴趣呢。那些对我来说实在是太难了，根本读不下去的。”

“古贺前辈喜欢什么呢？”

“嗯，因为我是理科生嘛，所以要么是医学书，要么就是不管作家是谁，随便读一读的。”古贺园子一边不停用手指摆弄着发梢，一边笑了起来。从她光洁的脖颈间飘来一股迷人的香味。

“哇……这是什么味道？”

---

① 塞缪尔·贝克特（Samuel Beckett）：爱尔兰作家，1969年诺贝尔文学奖获得者，创作的领域包括戏剧、小说和诗歌，尤以戏剧成就最高。

“这个啊，是娇兰[1]的铃兰香水。”

“哎呀！”听到香水的名字泉便加入到我们的谈话中来，“园子，你已经把铃兰香水弄到手了？今年的还没有上市吧？”

“这是我特别让人从法国带回来的。”

这个我从来没听说过的香水品牌，每年春天限定数量，只在少数几家店铺中销售。这款铃兰香水散发着一种让人迷醉的、无法忘怀的香味。[2]

“这样一来，这种香味暂时就只由你一人独享了。”

园子与泉之间的这一番对话之于我，听了便觉得优雅之至。

“我的草莓挞吃得太多了，都咽不下去了。喜欢的话就请享用这些吧。”

泉不着痕迹地将松糕推到我跟前，大概是因为我早早便将自己的那份给吃完了，还露出想吃更多的表情吧。虽然有点儿不好意思，但我还是毫不犹豫地伸出手把松糕接了过来。这绝对比一般市场上卖的要好吃太多了。

松糕恰到好处的甜味，正配朗姆酒的香气。快要达到令人

---

① 娇兰（Guerlain）：法国著名的香水品牌。

② “五一节”在法国又称为“铃兰节”，法国人会在5月1日将代表好运的铃兰花当作礼物赠送他人。因此，法国Guerlain每年都会推出品牌调香师专为“五月节”而调配的充满田园香甜气息的铃兰香水。

迷醉的程度了，不，我实际上是已经醉了。豪华的沙龙，美丽的会长与副会长，个性十足的成员，我身边正在进行的如此愉快的交谈。

不知是因为把本来吃不下的东西硬撑着吃了下去，还是因为被沙龙的豪华有趣刺激到了，那晚我回到家里，又把胃里的东西全给吐了出来。

那一天，是我入学以来第一次发自内心地展露笑容。无论是家人、同学，还是老师，都没能给我一个容身之所，只有白石泉给了我。

社团的活动真是太愉快了。

星期一是读书会，大家读过一本书后分享读后感；星期二是讨论会——虽然听上去挺古板的，但实际上就是拿一大堆与文学无关的事情随便聊天而已；周三进行藏书整理，等于是休息；周四、周五自由活动。想写点儿东西的人就写，想读书架上书的也随意取用。基本上要不要来参加活动是自由选择的，不过大家的出勤率都很高，这当然也有小南同学做的糕点的功劳。

但是对我来说，作为高中生只有放学后才能去打工赚钱。因此虽然加入了社团，但自那以后的一个星期，我也没有去参加过一次活动。

“难得你来入会了，却不常来沙龙。平常太忙了吗？”有一天在走廊里与泉偶然碰面，她叫住了我这样问道。

“不，其实……我在打工。”

“打工？”

泉皱起眉头，因为校规禁止在校学生出去打工，即使是奖学金获得者也不能违反。之所以设置奖学金制度，目的就是让学生可以将精力集中在学习上。可尽管我的教育费用已经有奖学金支持了，家里花不了多少钱，但家中本来就过得不宽裕，所以即便我打工也赚不了多少钱，但没有这些的话到底还是不足的。

一边使用泉父亲提供的奖学金，一边还在放学后偷偷打工，我知道这件事如果被泉知道的话，奖学金很可能会被中止的。但对着面前正直又坦率的前辈泉，我实在说不出谎话来。

“打工做什么呢？”

“在超市里做收银员，和我母亲一起。”

“哦，这样啊……”泉眯起眼睛思考着，然后说道，“不好意思，请听我说一下意见。如果真是要打工的话，我这里可能会有个更适合你的机会。倒也不是说在超市做收银员不好，只是人总要适才适用嘛。难得你有这么好的头脑，多多活用才好啊，对不对？”

“活用？”

“实际上，我正在给家里的弟弟找家庭教师。他是小学四年级的学生，数学和语文都不太好。你在这两门课上都很厉害吧？”

“但是，让我这样的……”

“如果你能做我弟弟的家庭教师的话，学校方面也说得过去，我父亲也会高兴的。这样你就可以堂堂正正地打工了哟。”泉温柔地微笑着对我说。

我喜不自禁。泉洞察了我的情况，一瞬间便想出对我、对学校都无妨碍，也不违反奖学金制度的解决方法。她的这份心意对我来说有着无比宝贵的意义。

“谢谢你泉，我真是太高兴了！请允许我接受这份工作。”

泉的家——不，应该说是宅邸比较合适吧——位于城郊。

黑色的轿车行驶在起伏的坡道，我坐在后座上，眺望着窗外闪过的繁茂的绿色。我想，司机大概已经超过六十岁了吧，连眉毛都白了，穿着黑色的制服，戴着白色的手套，对我讲话时使用了敬语，语气也非常温和、恭敬。

“美礼小姐，冷气是不是开得太大了？”

“美礼小姐，您没有晕车吧？”

“美礼小姐，你能告诉我泉大小姐平时在学校里是什么样子的吗？”

我这辈子可从没被人叫过“美礼小姐”什么的，禁不住有点儿想笑，只能小声缓慢回答他。

“室生师傅，”泉向司机搭话道，“美礼同学从今天起担任和树的家庭老师。”

“哦，太好了。那不就等于增加了一个姐姐嘛。和树少爷一定会非常高兴的。”

司机的视线通过后视镜看向我。他安详的眼神中透露着长年深爱着白石家、为其服务的热情。我想，这一定是一个非常幸福的家庭吧。

泉家的宅邸与传闻中一样，有游泳池。不但如此，还有养鲤鱼的水池，甚至还有一个人工小瀑布，做工完美的石灯笼，还有与茶室很相配的枯山水。宅邸规模庞大，类似战前的洋馆模样，拥有简约的摩登造型。

但比起这一切，最令我心醉的是泉的家人们：姿容秀雅、举止大方的母亲；除了经营学校以外，还涉足综合医院和电子产业等多个行业、拥有能望穿人心的眼神的父亲（我觉得泉相对于气质优雅的母亲而言，似乎更像拥有敏锐洞察力的父亲）；泉的弟弟虽然举止言谈都很有教养，但也拥有一般小学生的淘气活泼。这个家族的人无论在做什么，其行动和语言之中都处处体现出高贵的气息。这可真是上流阶层的样子啊。连只有16岁的我，也能切身感受到这股强烈的贵族气。

那天晚上，我给泉的弟弟和树补习了一个小时的数学，又补习了一个小时语文，最后还在泉家里吃了一顿晚饭。回去的时候得到了一个信封，我在车里面打开信封往里面张望了下，有10000日元！这是一个月的工资吗？还是说今天仅仅两个小时就有这么多？时薪5000日元！就算是专职家庭教师也没有这么高工资的吧？

第二天到学校后，我迫不及待地去找泉，和她再次确认了一下，确实就是我昨天两个小时的工资。

“这也太多了，我不能拿。”我想把钱还回去，但泉坚决不接受。

“我弟弟之前的家庭老师也是来一次收10000日元的。”

“可我不是职业的老师，也不是什么名牌大学的学生。我只不过就是个普通高中生，而且还是您的后辈。只要有1000日元的时薪我就很高兴了。”

这样推来推去了好一会儿，泉终于妥协了。

就这样，我便开始作为家庭教师经常前往白石家。

泉的母亲对我非常和善，经常送我一些小东西。“把这个装饰在房间里吧”，便送我一个利摩日座钟[①]；“这个请给你母亲用吧”，便又送我一个花边托盘；“同样的东西买了两个呢”，接着又送了我一只刻花的玻璃杯。可惜所有这些东西都与我家里面的环境很不相称，所以我只好一边感谢，一边暗自困惑，不过每次被赠送歌帝梵巧克力[②]的时候，弟弟妹妹们就很开心了。

“怎么，为了这些东西就高兴了？你还真变了呢。”母亲一边啃着巧克力，一边语带讽刺地这么说道。她对于我辞去超市收银员的工作是很不满意的。

“哎，要是不做家庭教师的日子依然去打工收银的话，还能赚更多钱的嘛。”母亲一边用不高兴的语气唠叨着，一边不断将松露往嘴里塞。

“那可不行。我们学校实际上是禁止打工的，作为辞掉收银工作的交换才让我去做家庭教师的。这次要是再违反校规的话说不定就要被退学了。”

“那算什么，不让学校知道不就行了！”

“我要是失去了奖学金你也不在乎吗？”

“我从一开始就反对你进那种私立学校，所以要是真被退学了

---

① 利摩日（Limoges）：法国著名的古典珐琅时钟品牌。

② 歌帝梵（Godiva）：比利时著名的巧克力糖果品牌。

也没什么不好。”母亲一边给不停嚅动着嘴吃巧克力的弟弟擦拭嘴角，一边这么说，“而且也不是每天都要去做家教，为什么你每天都晚回来啊？”

“我……我加入了社团。”

“社团？”

“嗯，是文学社。”

“哦，因为你喜欢文学是吧？真是够高贵的哈。”

“为什么要这样说呢？归根结底，妈妈你要是讨厌现在的生活，当初不离婚不就好了吗？”

母亲沉默了。我从来没用过这种口气对母亲讲话，触碰母亲离婚这个话题，可能是因为我在上一流的私人学校、和一流的人交往，产生了自负的心理吧。

“你现在能说这么嚣张的话了啊。”可是母亲也并没有动怒，只是苦笑着自己嘀咕了起来，“是啊……就是因为容身之处吧。”

“啊？”

“我和那个人结婚之后，就没有了自己的容身之处。我想那个人也是一样吧。”

看到我吃惊的神情，母亲急忙补充道：“啊，我不是说住的地方。怎么说呢，就是那种心理上的……”

“我明白的。”我立刻打断了她。这一次是母亲露出了吃惊的表情，“我明白的妈妈，因为我也是一样的。”

我这么一说，母亲也恢复了平静的神情。我们相对在饭桌的两头，沉默了一段时间，只是喝茶。我们两个人到底还是母女啊。

母亲如果是通过离婚来获得自己的容身之处，那么我就是通过参加文学社、进入文学沙龙来获得的。正因如此，我对于泉的感激之情也越来越深厚。

“我想赠送回礼，请问送什么才好呢？”我试着这样问泉。毕竟我不止从泉那里，而且是从泉的整个家族那里获得了无数恩惠。

但泉却微笑着这样回答我：“如果你真的想报恩的话，就不要给我们，去给那些没有得到神眷顾的人吧。”

我原本从中学时就开始参加志愿者活动了，但自从进入高中以后就不太去参加了。那次听了泉的话以后，我便又开始认真地去做志愿服务了。我在网上看到为单身老人，或是外来谋生、在本市并无亲戚朋友的人做倾诉对象的征募活动，便去报名参加了。我去做这项活动的志愿者的理由，便是为这些人寻找容身之所，我自身一样感同身受。当然，与从未见过的人相见、交谈是需要勇气的。但是，想到我这样的人也能帮助他人排遣孤独，我就觉得很有意义，尽管这可能并不是什么高端的志愿者工作，但真的很适合我。因为我自身也长时间地品尝过苦涩的孤独感，所以更能理解这些人的寂寞。

中学时代因为一直都集中精力在学习上，所以很少有对什么活动热情高涨的时候。但如今，我以泉为学习的榜样，也充满热情地投入到各种活动中去。而且通过活动，我才觉得以前一直认为自己只是在付出的，但实际上自己被馈赠的东西也很多。通过志愿者活动，确实能够令自己在各方面得以成长，我终于理解了这一点。

我的视野能够打开，能够看到新的天地，全拜宽厚的白石家所赐。泉的一家对我来说是无比仰慕的对象，甚至我还想象着未来结婚的话，如果也能组成一个这样的家庭，那该有多好啊。

白石家在我眼中就是如此完美无缺。我自身家庭根本无法拥有的东西——富有品位的生活环境、对家族成员的严格要求、处处洋溢的家庭教养——具备理想家族的一切要素。

我也明白这种自己也想获得这一切的想法，会导致嫉妒情绪的产生。可是对于泉和她的家族，我却连嫉妒感也无法产生。因为她与我的世界之间的鸿沟实在是太深、太宽了。

那是刚刚进入初夏，到处都郁郁葱葱的时节。明明是那么明快爽朗的泉，突然变得沉默寡言了。即使是在沙龙里面，过去总是积极发言、成为众人中心的泉，那时也是经常发着呆，听其他人谈话。

泉一天天变得萎靡不振，大家都很担心。小百合特意在红茶里添加蜂蜜和生姜等，试图令泉恢复体力；小南同学则为泉制作营养丰富的蔬菜蛋糕；狄安娜使用宝格丽[1]的玫瑰精油为泉做全身按摩；园子查遍了医学书；志夜也不断以言语鼓励着她。

是发生了什么事情吗？每次作为家庭教师去往白石家的时候，我都禁不住想问一问。

就在那个夜晚——

我在不经意间目睹了一件事，让我终于知道，曾经以为的白璧无瑕的白石家有了龟裂。

那天是模拟考的最后一天，所以我能比以往更早去做家庭教师的工作。当我结束了对和树的课业辅导，从房间里走出来正下楼梯的时候，突然听到从书房中传出了激烈的争吵声。有一个声音怒吼道："完全是不知羞耻……"然后就是啪的一声，似乎是谁打了谁的脸。接着，只见泉的父亲抓着正在哭泣的泉的胳膊从书房里面走了出来。泉的头发披散着，一边大声哭泣一边拼命挣扎反抗。我连忙躲藏到了柱子后面。只见泉的父亲两眼充血，平常

① 宝格丽（Bvlgari）：意大利著名的珠宝和奢侈品品牌。

总是梳理得一丝不乱的头发也散乱开来，衬衫前襟也敞开着。泉的父亲将泉从大门强行拖出去之后，便上了轿车，不知往哪里去了。

我悄悄地穿上鞋，正想着还要不要与谁打个招呼再回家去，突然从昏暗的走廊里闪出一个人影来。

“呀！”我被吓得不由自主地叫了一声，但对方一点儿受惊吓的意思也没有，只是木然站在那里。

“阿姨？”当我仔细看时，发现那是泉的母亲。

“是美礼小姐啊……”泉的母亲脸色苍白，平常那种祥和的表情丝毫不见了。

“刚才的课业辅导已经结束了，我现在就回去了。”

“是嘛……”泉母亲的目光游离着，瞳孔失去焦点，也许她也听到了刚才父女二人的争吵打斗。

我不由得害怕起来，急忙离开了白石家。

这天以后泉便暂时休学了，说是因为得肺炎而入院治疗了。

一周之后，听说泉已经出院了，我便高兴地跑去文学沙龙，然而泉并不在那里。我转念一想，又急忙跑去天台。泉真的就在那里。但她似乎身体无力，倚靠着护栏站着。

“白石前辈……”我轻声叫了她一下。

转头看向我的泉完全不是她平时的样子了。脸色苍白，眼睑上红肿着，脸颊上也有伤痕。

“身体好些了吗？”

“嗯，已经好了。以前呼吸器官就不很好。”她努力做出来的笑容让我感到心痛。

“请问发生了什么事？”

“你指什么？”

“就是说，是不是您家里……”

“你为什么要问这种问题？”泉的语气中突然升腾起怒气。我无法对她说明是之前偶然间看见了她的家庭内部争吵。

“如果什么都没有就是最好的了。如果有什么烦恼的话……”

“烦恼啊……”这半句话之后泉便开始发呆，看着旧教堂的方向。突然，她开口问：“二谷同学，你是否曾经有过这样的想法，想要杀死某个人？”

我心中咯噔一下。虽然说可能每个人都会一时冒出如此邪恶的念头，但这个问题从泉的口中说出来，实在令我意想不到。

正在我踌躇难以答复的时候，泉以黑暗、空虚的声调自己回答道：“对我来说，就有这么一个人，我想将他杀死。”

我大吃一惊，看着泉的脸，还以为是自己听错了。

天台上风声呼啸而过。

“如果能杀死那个人，我自己去死也无所谓。我就是那么恨！”

“白石前辈……您这是怎么了？这不像是前辈您啊！到底是为了什么……”

我脑中回忆起她与父亲冲突的场景，泉当时是被强行带走的……

“我爸爸，”泉一边眺望着远方，一边声音空洞地说道，“他被女人引诱了，被一位文学社的成员！”

“啊？！”

“最近我觉得爸爸的样子很奇怪，就在书房里面找了找，结果找到了学院定做的手帕。当然，那不是我的。”

“这……”

“那块手帕上面有铃兰香水的气味，娇兰牌的铃兰香水——使用这种香水的人，你也应该知道只有她一个吧？”

“难道是说……”

“太过分了！同是理科的同学，我一直把她当成是好的竞争对手，没想到竟然和我爸爸……”

泉紧紧咬住了嘴唇。我第一次见到如此面容的泉。她的目光锐利得好似立刻便要化为杀人凶器一般直视前方。

“白石前辈……”我小心翼翼地叫她。

泉好似突然回过神来一般，紧耸的肩膀松弛下来，目光朝向我露出淡淡的微笑。

“我们去沙龙吧。我为你泡一杯热可可。”泉一边这么说着，一边抓住我的手，“这件事对谁也不要说。这是我们两个人之间的秘密哟。”她如此叮嘱我。

我们回到沙龙，和成员们一起讨论了一会儿即将举行的复活节与圣灵降临祭上要贩卖哪些零食的问题。我们打算把春天的复活节[①]和之后的圣灵降临祭一同庆祝，举办一场盛大的跳蚤市场活动。泉仍然在发呆、沉默不语，代替她主持讨论的是澄川小百合。

“每年我们都会制作兔子饼干[②]的，今年我想是否可以推陈出新。大家有什么好的想法吗？”

“做彩蛋形状的饼干[③]怎么样？表面用糖衣画出图案来。”

“啊，那太好了，绝对非常可爱！我来担当画图！”对小南同

---

① 西方复活节是在春分后第一次满月之后的第一个星期日，大致在每年3月22日至4月25日之间。

② 复活节兔是复活节象征之一，作为多产动物的兔子，象征了春天的复苏和新生命的诞生。

③ 蛋的原始象征意义是“春天——新生命的开始”。基督徒则用来象征《圣经》中记载的“耶稣复活，走出石墓”。复活节彩蛋是复活节里最重要的吉祥物之一，意味着生命的开始与延续。

学的这个提案，志夜举手支持。

“那么今年我们就决定做彩蛋饼干了。今年奶油蛋糕又要烘焙多少个呢？”

“去年烘焙了200个吧。”

“可也是一下子就卖完了。”

“那么今年就努力一下，争取做300个吧。”

我们谈话的时候，泉只是直盯盯地看着某个人——古贺园子。

这个人真的会去引诱白石前辈的父亲……

“那么再各自准备一百份面包圈、抹茶、热可可吧。”古贺园子建议道。在泉的面前，她的表现完全正常。难道她的良心不会受到谴责吗？

“真是个好主意，那就这样做吧。请问在保加利亚是不是也庆祝复活节的？”小百合询问狄安娜。

“是的。我们村里面要制作和成人一样高的蛋形图腾，涂上颜色，放在村子中央。”

“这可真有趣啊！好想也尝试一下。要不我们成立个执行委员会吧。”

泉好似呆住了一般，只顾注视正在讲话的古贺园子。

小南举起手来说：“我能提个建议吗？我想在抹茶蛋糕里面试着加入大纳言，可以吗？”

“大纳言？是指红豆吗？”

“是的。因为产于北海道的红豆皮很厚，所以最好是使用丹波出产的。”[①]

“听上去就很美味呢。泉，你认为如何？做抹茶蛋糕的话虽然成本会上升一些，但应该没问题吧？”

小百合向泉搭话，但泉的视线仍然在游离之中。

“泉？”小百合再次问她，泉终于猛一下反应过来。

“啊，是……是那样很好。”

接着，大家开始讨论包装纸与丝带用什么颜色的好、价格要定在多少之类的问题，讨论得很热烈。然而坐在其中的泉还是眼神黯淡、脸朝向窗外。

泉最近这么无精打采也是没办法的事。想象一下，我站在与泉同样的立场上，那心理冲击当真是非同小可，却还得表面上若无其事，每天与根本不想看到的人见面，必定心中酸楚、愤恨。然而对方却压根儿没注意到泉已经洞悉了真相。

我好几次想要劝说泉干脆挑明真相算了，但每次又都忍住了。正因为是朋友，才无法挑明吧。也正因如此，泉才要我也保守秘

① 日本古代的丹波国位于今天近畿地区。大纳言红豆是日本较为高级的红豆品种。

密。我虽然心里焦急万分，但还是决心闭口不言。

一天下课后，我被泉请到沙龙来。

沙龙里当时只有泉一个人，正靠在暖炉旁打盹。看见我出现，她露出迷路的孩子见到母亲一般安心的表情。

“谢谢你今天能来，请坐吧。我去给你倒杯红茶，甘菊味的怎么样？请安心等一下。”

“好的，谢谢。”

泉走去了厨房，很快就拿着放置了吉诺里茶具的托盘回来了。蛋糕盘里盛满了菠萝与香草冰淇淋。

“这是小南曾教我做的。虽然我是做不到像她做得那么好吃了。”

泉仔细地从茶壶中捞出茶叶，然后将茶倒入杯中。

“昨天，好像园子又到我家来过了……”

果然，泉是想和我说这个话题啊。昨天，古贺园子确实没有来参加读书会。我当时还在想会不会就是因为这个缘故。

“母亲去做志愿者了，弟弟参加俱乐部活动也不在家。我在读书会结束之后急忙往家里赶，正巧看到园子走出门来！”泉以愤恨的口气说。

“这件事您有没有询问您的父亲？”

“我是想去诘问他的，不过想想还是算了。要抓住证据以后才好去问。我先前去书房里面翻找证据，结果被爸爸发觉了，还被他骂了一通不知羞耻。”

“不过证据要怎么找呢？”

“其实，我已经安装好了隐藏的摄像头。至于能拍到什么图像呢，就等着瞧吧。”

泉那还未消肿的面颊上露出笑容，这笑容渐渐就变了形，转化成哭泣的脸庞。

“啊，真是太可恶了，这个园子……”有大粒大粒的泪珠从泉的眼眶中掉落下来。

对于泉来说，幸福的家庭是多么宝贵的容身之处啊。对于不请自来、故意要将之破坏的古贺园子，她一定是恨到了骨子里。

“白石前辈，有什么我可以帮忙的吗？”

我把手放到她的肩膀上，她正用纤细的手指拭去眼泪。

“你是担心我吧？真是个好孩子呢。所以我才会将一切都老实地告诉你。有你倾听真是太好了。”

她目不转睛地注视了我好一会儿，好似想起什么似的，将自己头发上别着的发卡拿了下来。黑色的发卡，上面埋入了五颜六色的装饰珠子，带有一种洛可可式风格的珍奇设计风格，与泉灰色的头发非常相称。

“这个送给你吧，看上去很适合你的。”

“啊？”我正想推辞，她已经把发卡塞到了我的手里。这肯定是件很昂贵的东西。

“啊，不行，我不能要。”

“我希望你接受，作为我们友情的证明。”

相比于得到自己根本买不起的装饰物，我更加感动的是泉从不以为我们之间是前辈与后辈的关系而高高在上，盛气凌人，而是以平等朋友的关系对待我。

“……那太感谢了。”

“来，我给你戴起来。”她帮我把耳鬓的头发整理好，戴上发卡。

“果然非常适合你。就把这个当成是我好了，请一直带在身边哦。”

今日回想，那是多么不吉利的话啊。简直如同留下的遗言一般。事实上，自那之后不久，泉真的去世了。

我直至今日仍万分后悔，为什么那个时候不制止泉呢。古贺园子偷偷勾引同学的父亲，多么卑鄙的行为！要是抓住这种人的罪恶证据，她肯定会使用任何手段要封住口舌。我明明可以想到这一层的。

泉离开已经有一个星期了。是谁杀害了她——每个人都在试图寻找真相。但我想我是知道的，把泉从小阳台上推下去的人，不是别人，正是古贺园子。

我至今仍清楚地记得卧倒在花坛中的泉的遗体，被担架抬走时垂下的苍白的手臂，以及那手中紧紧握着的铃兰花。

她肯定是在临死之前，用尽了所有力气从花坛中抓住了那束铃兰花。

那就是为了向我们传达凶手的信息。杀死她的人，就是那个在身上喷洒了铃兰味香水的女人。

会长　澄川小百合：

二谷美礼同学，感谢你的朗读。

作为第一个出场的人，想必很紧张吧。而且你作为新学生，应该是第一次参加黑暗火锅会吧。但是你确实非常有勇气，因此我一开始就觉得你是最适合担当开场的，就这样安排了。

这篇小说就如同二谷同学一样，非常率直。嗯，确实泉在最近这几个月表现出了相当烦恼的样子。每次相见，她的脸上都会浮现出若有所思的表情……在沙龙里的时候也多半是在发呆。

我也曾多次以随便问问的态度询问过泉是否有什么事，可是泉每次只是露出一丝悲伤的笑容，并不告诉我什么事情。也许，我将泉当作我的好朋友，只是我的一厢情愿呢。

关于泉父亲的事情，我真是第一次听说。泉从来没拿她家人的事情来和我交流过。特别是泉非常尊重她的父亲，以至于她的口头禅就是“今后如果结婚，一定要找与父亲类似的人”。今天在这里的各位，都曾经很多次听到她这么说吧？可以说她是有些恋父情结的，当然了，她的父亲也确实是非常非常宠爱泉的。

谁能够料到事情会变成这样啊，如果当初能更多倾听泉的倾诉就好了。真是太后悔了，我对我自己都恨得不行——

嗯？你说可能正因为我们是好朋友，所以才不能对我诉说？谢谢你的安慰。嗯，这也是有可能的。正因为是好朋友，所以互相之间有些事情是绝对不能去触碰的。这么一想，我才算有点儿轻松了。

因为二谷同学直接指控了凶手是谁，也令我大吃一惊。我想大家对此也很在意，有非常多的问题想要问她吧。不过，我们还是先把其他人的朗读都听完。

现在，二谷同学，你戴在头上的黑色发卡就是刚才所说的泉的遗物吧？真的很漂亮，非常适合你。我非常能理解泉向你赠送礼物时的心情。在你亮色的头发上，这个发卡能闪闪发光呢。

你能不能借着朗读时烛火的光亮，转过来些让我再仔细看看？——啊，反射出花朵一般的形状，好漂亮啊！太感谢了。

那么，请回到座位上吧。光线很暗，请小心脚下。大家请为二谷美礼同学鼓鼓掌。

各位，火锅到现在还觉得美味吗？如果觉得太过于不好吃的话，这里还准备了咖喱粉和豆瓣酱，可以增加味道的，推荐品尝。真是不可思议，在这黑暗之中的视觉、味觉都得到了提炼，不好吃的东西也变得好吃起来，美味的东西感觉就更美味了。所以，这个黑暗火锅如果一开始就被调了古怪的味道，那从一开始到最后就都会很悲惨呢。请大家别客气，多吃些吧。

下面，请下一位朗读者开始吧。

接下来是小南茜同学，请来到朗读区，谢谢。

马卡龙甜心

朗读者：二年级B班　小南茜

老实说，一开始的时候，我并不喜欢白石泉。

不，不仅是不喜欢，而且是很讨厌她的。

本来我与高我一学年的白石泉并不相识，当然连谈话的机会也没有，不过泉在学院里实在太过有名，所以我很早以前就知道她了。她不仅是董事长的女儿，而且有着美丽的面孔与聪明的头脑。泉不仅在高年级部备受追捧，就算在中年级部和初年级部，也会有很多粉丝时常拥到她的教室里去。我那时总是以冷淡的目光看着这个场景。

确实，她有着舒展的四肢、灿烂的笑容、优美的身姿，在学院内任何地方都会引人注目。令人羡慕的苗条身材与拥有魅惑力的大眼睛，总是让那些低年级的女生们忍不住发出赞叹之声。

“美人”这一类俗气的称呼其实与她并不相称。“丽人”，对，她是丽人，从头到脚都是丽人。而这就是我认为她并不“美丽”

的理由。

白石泉实在是太过于完美了。一般来讲蛋糕上的奶油花饰，或者是日本点心的装饰物，为了体现出情趣都故意做成左右不对称的样子，只有那样才有值得体味的深藏魅力。然而泉的容貌就好像是经过了精密的计算一样，太过于端正了，任何瑕疵都没有。彻底完美的东西，并不美，反而丑陋。

因此，我对于那些对泉的美丽长吁短叹的同级女生充满了鄙视之情。她们肯定不懂得什么才是真正的美。

所以，当我听说白石泉要将已经停止活动多年的高年级部文学社恢复起来的时候，只觉得这是大闲人们在乱搞一气。而且我当时还听说，会员只有作为会长的白石泉自己和副会长澄川小百合两个人，简直是笑话。那之后不久，学院开始改建修道院，并同时修建了这间豪华的文学沙龙，将其营造得如同少女梦想的城堡一般，一时间成为学院上下热议的话题。据说重启的文学社并不能随便加入，若不得到会长白石泉亲自邀请，是不能成为其会员的。于是，白石泉与她的文学沙龙越发成为全院女生向往的所在了。我在那个时候是中年级部三年级的学生，周围所有人都以“明年升入高年级部就有机会被邀请加入文学社”为个人目标。

我们升入高年级部之后不久，以获得诺贝尔文学奖为奋斗目标的高冈志夜被邀请成为文学社的首名会员，真是令无数人羡慕啊。志夜所说的文学社的样子——英国或法国产的最高级茶叶，配合迈森[①]的高级茶具，还有维塔默的巧克力慕斯[②]享用，无论是谁听了都禁不住屏住呼吸。大概是去沙龙实在太愉快了，志夜连出演电视节目和接受杂志社访问的机会都回绝了，下课后便沉溺于沙龙之中。据说在巴卡拉的吊灯下执笔，就算写不出什么也会心情愉快的。

巴卡拉的吊灯、迈森的茶具，一个文学社真的需要这些东西吗？

我的家庭所经营的是历史悠久的料理店，所以我从小就被教育：太过华美的东西反而是无品位的。不奢华，闲而静，才深富韵味，简洁而长远才是好的。有品位即是有分寸，不造作。那才是真正的精华。

传闻中听说的文学沙龙只有华丽，没有值得体会的东西。因此我还在心中咒骂过沙龙的恶俗趣味，这与我不喜欢白石泉的理由是一样的。

---

① 迈森：德国著名的瓷器产地，位于萨克森州，号称“瓷器之都”，与中国景德镇齐名。

② 维塔默（Wittamer）：比利时布鲁塞尔著名的巧克力品牌。

我的父亲作为一个老派顽固的料理师傅，多年来一直拒绝在大商场开设分店或出演电视料理节目，也有很多人来拜托他出版料理书，但他的一贯精神便是料理人只要做料理就行了。出于制作出来的料理可以被人当场品尝味道的愿望，我们料理店甚至连需求量很大的外卖、盒装料理也一概不做。唯一可以在店外品尝到父亲所做料理的机会，便是在新年的时候他奉送给老主顾的御节菜肴，用以替代过年红包。这可不是下订单就可以得到的，或是每个人都有得送的，这可是传说中的梦幻般的精品菜肴。

长年在顽固的父亲背后予以支撑的人，是作为独生女出生于日式小吃店的母亲。母亲坚持制作被称为“怀石料理最后佳肴”的日式甜品已经有几十年了，这为父亲的料理平添了许多色彩。每当月份交替、季节轮回，他们两个人便商定料理主题，父亲将一道又一道怀石料理做出来，与母亲的日式点心相配，与料理店中的插花、挂轴一起摆放。

也许是因为继承了父母血统的缘故，我从小就喜欢待在厨房里。我家的土间[1]还保持着古式模样，父亲很珍惜这里的灶台。母

---

① 土间：如今日本现代化民居中的“土间”只是从门口到里间的一小块区域，主要用来放置外穿鞋和内室拖鞋等，并不存在“土”。但是在古代日本民居中，“土间”是其门口不铺地板的相当大一块区域，用来放置杂物、处理污物、安放灶台，是“接地气”的。

亲每天早上5点钟便站在厨房里，用煮锅煮整整一锅的鲣鱼干和海带，这提供给我们一家四口一日三餐所需的汤水。我就是看着这样的情形长大的。从煮锅中被仔细过滤出来的透明液体，早饭时成为味噌汁、午饭时成为高汤卷鸡蛋、晚饭时成为炖菜和茶碗鸡蛋羹，其味道、形态的变化令我着迷。我对此兴趣满满应该说是很自然的事情。我第一次拿起菜刀的时候只有三岁，得到我个人拥有的、刀柄上刻着自己名字的菜刀是在四岁的时候。在那时候我便在一定程度上掌握了料理刀法。

也许是因为我自出生后便沉浸在制作日式料理和日式小吃的世界中，等到稍微长大一些接触到西洋料理和西洋点心的时候便倍感新鲜，逐渐陷入到那个世界中去了。我的父母对此并没有说什么。反正料理店早就决定由哥哥大学毕业后继承，所以每天一大早起来做清扫、上市场买食材、再根据食材研究出一天菜单的流程，被称为斯巴达式的修炼，从小就只有哥哥一个人需要接受。我一直以羡慕的眼光看着哥哥接受这样的修炼，因为父亲甚至禁止我进入料理店的厨房。大正年间[①]始创的日式料理店“小南家”第四代掌门人终究是哥哥，所以我无论是执刀做料理、学习料理知识、练习做西洋点心，在父母眼里都不过是我的“新娘能力”

① 大正年间：指1912年至1926年。

修炼而已。

但我哥哥并不是一个认真的人，他对于料理和经营都没有任何的兴趣，经常还没有做完工作便出去玩乐，闭店以后也不进行清扫，有时还会在半夜里骑着摩托到处跑。可即使如此，“小南家”也终会自动归哥哥所有。不甘心的心理令我愈加沉浸于西洋料理和点心的世界中，但是在我自己家里那个年代久远的灶台旁，是没法随心所欲地烹制西洋蛋糕的。

就是在那个时候，我听说了文学社沙龙里有附属厨房的事情。

听说沙龙厨房的面积颇大，什么工具都有，使用便利，文学社成员们在厨房中又是烤蛋糕又是做慕斯的，非常愉快。

我并不像其他女生那样对水晶吊灯、大理石桌面、暖炉和下午茶时间等感兴趣。但是自从听说了那个厨房，我便被文学社深深地吸引住了。

众所周知，得不到会长泉的青睐，便不能进入文学社，所以如我这般的人能够入会自是有原因的。从头说起的话，就必须提起那个悲惨的事件。

这件事的起因，是我父亲年轻时曾培养过他的料理店老店主退休了，想将其店铺让给“小南家”，前来询问我父亲的意向。

虽然这是过去恩人的请求，但是我父亲并无意接受。这事不但需要运营资金，而且拥有分店以后父亲精力上也忙不过来。

我父亲顽固地认为，自己是不应该放弃亲自掌勺、走出“小南家”的店门去照顾别处生意的，但是又不好就这样断然拒绝。看着父亲为此事苦恼，我便提出了一个方案：转变为出品西洋料理如何？

如果“小南家”摇身变为西洋餐馆，那么即使父亲不在厨房中掌勺，顾客们也是会接受的，如果那样，也能够照顾到恩人的感情了。父亲对我的提案非常赞同，便允许我参与到店面的重新装修和菜单的整理工作中。而且他越来越觉得还是让我来经营店铺为好，于是决定要将我登记为店主。

我终于比哥哥得到父亲更多的认同了，这让我感觉骄傲无比。

无论是在乘电车去学校的路上，还是在学校的休息时间，我满脑子想的都是新店的事情。父亲的老友将作为主厨前来工作，我把绞尽脑汁想出来的菜单展示给他看，并挑了选适合这份菜单的食器。甜品也要予以充实。蛋糕、布丁、慕斯、芭芭露、冰淇淋、松糕——对了，如果能把甜品打包带回去如何？光这么想象着，就让每一天都变得幸福起来。

我并不知道这个美梦很快便会烟消云散。

有一天放学以后，在鞋柜旁边，白石泉向我打招呼。

“请问你是小南同学吧？”

我的身材矮小，有点儿要仰头望着泉的感觉。这么近距离看到泉的肌肤，就如同表面上抹了一层生奶油般光滑，嘴唇好似樱桃果实一般鲜红。简直是让人呼吸困难的完美容貌。低年级的女生们一边从我们身边走过，一边不住地回头张望。

“是我。”

也许一般的学生被泉搭话会很高兴吧，但我可不是她的粉丝。现在回想起来，我当时的回答应该是很冷淡呢。

“你写的《斜阳》读后感我拜读了呢，真是有趣的文章啊。”

我并没有读过很多书，那不过就是在现代文学课堂上写的一篇读后感罢了，班主任北条老师认为还不错，便推荐发表在学院内的报纸上。仅仅是随便写了写的东西而已，如果是上了年纪的老师估计便会怒吼道：“写作就得更加认真点儿嘛！”不过还只有20多岁的年轻的北条老师与我们学生年龄差距不大，心理感受上也更接近些，所以予以了相当好评。

“将主人公和子与现代的单身母亲放在一起进行比较分析，真是很独特的想法呢。我有更多问题想请教，可否请你赏光来文学社喝一杯茶呢？”

突然之间，我想起了那个厨房。虽然我很想去看看，但是依然表现得对于泉的提议没有什么兴趣。

“嗯，抱歉，我……”

“没什么的呢，就是想请你去一趟呢，刚才正好烤了蛋糕。”

“您自己也会做西洋点心吗？”

我突然之间生出了竞争心理，想自己也去烤个蛋糕，让她瞧瞧有多好。

“是啊，读书会可不能缺少甜品。而且有活动的时候我们会做很多，用于出售以便筹集会费。”

厨房，而且还是能做很多点心的厨房！

“那个……请问是煤气还是电力？”

“你问什么？”

“炉灶。”

“当然煤气呀。你真是个奇怪的人呢，问我这个问题的你还是第一个呢。”泉一瞬间反应过来，咯咯地笑起来。

于是，我便接受了泉的邀请，去了文学社的沙龙。

沙龙的厨房简直太完美了，宽大而洁净，既有四周L形的操作台，也有中间岛形的操作台，带有喷淋式龙头的大水槽有三个，专用的银色冷柜一个，此外还有立式的搅拌器、面粉发酵器和冰淇淋机。

“太棒了……”我不禁赞叹。

抚摸着经过打磨的光洁的台面，触感冷峻的大理石，我想若是在这上面和面应该是比较容易的，还可以调制巧克力，真是无比奢华啊！

“这里是炉灶，符不符合你的期望呢？”

泉所指的墙面上，镶嵌着三台煤气炉灶。貌似一台就可以同时烤制两三个 7 号的圆蛋糕[①]。

“厉害了！”

我打开炉灶旁边的门一瞧，是一个超大的立式壁橱，其中有强力小麦粉、薄力小麦粉、细砂糖、蛋糕装饰品、坚果粒、香草棒、可可粉、瓶装水果、果酱、蜂蜜，以及各式各样的调味料……这能做出多少种甜点啊！而且全都是进口货，光是那些五颜六色的包装盒就让我看不够，简直就想一直待在这里呢。

碗、锅铲和毛刷等厨房用具都整齐地摆放着。最近我一直在为家里的餐馆忙碌，所以看了这些一下就能明白：它们都是超一流的好货。

“真棒！这比我家的餐馆要先进太多了。”

“你家的餐馆？啊，对哦，你家里面是做料理店的对吧？”

“不，我是打算将料理店转成西式餐馆来营业的。”

“由你经营？那真是太好了！”

“我打算要推出很多的甜点。这个厨房真是太完美了。请一定要让我参考一下。”

---

① 一般蛋糕尺寸从1号到7号，7号最大，直径约16寸。

接着，我们一边品尝泉烤制的蛋糕，一边画蛇添足似的讨论着太宰治[①]。泉的蛋糕做得并不差。当然，其实在这样一个厨房里，用这样的材料、这样的设备来进行点心制作，无论是谁大概都能做得很美味吧。

我们的谈话很有趣，不知不觉便谈了很长时间。

“啊呀不好，已经这个时候了！”泉看了一眼座钟，吃惊地叫了起来。

不知什么时候时针已经指向晚上 10 点了。

“真是对不起，把你留到了这个时候。我用轿车送你回去吧。”

“没事的，我坐电车就可以的。”

“不行的，外面已经黑了。小南家的话我是知道在哪里的。”

于是，我和泉一起坐进了她家的轿车。

坐在车里，我们俩又继续聊了很多话。我整个人都放松下来了，与本来并不喜欢、敬而远之的泉很自然交谈着。泉为人爽朗、令人愉快，她在学院里能拥有那么高的人气，确实是有充分理由的。

轿车穿过繁华的街道，差不多要接近料理店的时候，我和泉

---

① 太宰治：本名津岛修治，无赖派文学代表作家，代表作《人间失格》《斜阳》等，1948年自杀。

都看见前方的天空在黑夜之中的颜色却是通红的。

我心中突然涌起了不好的预感：逐渐接近的消防车警笛声，从各方汇聚而来看热闹的人，还有在前面拦路的警察……

“请问发生什么事了？”泉的司机摇下车窗，向正在疏导交通的警察询问。

“前头的料理店发生火灾啦……”

我一听，立刻跳下轿车飞跑了过去。我从人群中拼命地挤过去，终于走到近处一瞧，整个“小南家”已经被炽热的火焰团团包围了。

这是我父亲的一切！他花费了毕生心血才换来的一切，竟然就这样肆无忌惮地在他的眼前燃烧着。我向周围张望，看到茫然的父母正紧紧盯着狂舞的火苗，哥哥站在一旁。父亲的脸庞被赤红色的火焰照亮，面上的皱纹、眼窝下的眼圈清晰地浮现出来。站在吞噬了料理店的大火前，父亲的身姿萎缩下去，充满了无力感。我实在是没有办法向他说出任何言语，只能混在人群中默默地注视着他。

大火就这样持续燃烧了数小时，将父亲的一切都烧光了。

“小南家”火灾的事上了第二天的报纸：

“大正年间始创的老牌料理店全部烧毁，因为火情是闭店以后发生的，所以并没有人员死伤。”“起火源头并不在厨房，因此有很大嫌疑是有人纵火。”等等。

我回到学校后，因为新闻在学院里已经扩散开，所以大家都来慰问我。这其中特别是白石泉，心痛得好似这事发生在她自己身上一样。

“如果昨天不留你到那么晚就好了。”

“这是哪里的话。还不如说多亏你挽留了我，否则我可能会被卷进火灾里去呢。”

“不过要是你照常回家的话，可能就会目击到纵火犯了，或者纵火之人就害怕得不敢去放火了——我感觉自己实在有责任。”

“昨天的事与你一点儿关系都没有的，请不要在意。”

“如果有我能帮忙的地方，请一定告诉我。”

“不不——”我刚想谢绝的，又想起了什么：“那个……”

“请问什么事？”

“能不能让我加入文学社呢？”

泉的脸上浮现出非常柔和的微笑，她充满真诚地握住我的双手：“当然！非常欢迎你的加入呀！”

和我预想的一样，文学社沙龙的厨房用起来实在是太方便了。

我在这个厨房中能够随心所欲地不断做出好吃的点心来。无论是材料，还是工具，只要去拜托泉，她都一定能为我准备好全世界最高级的东西。对于其他成员来讲，沙龙就是她们的梦幻城堡，但是对于我来说，这个厨房才是真正的梦幻城堡。

在我入会之前，泉和小百合一般都是随意烘烤一些饼干之类的东西。自从我入会之后，所有的点心就都由我来制作了。对我来说，只要有人能够品尝我的作品便足够幸福了。

虽然如此，但我也不能只是在厨房里摆弄小麦粉和鸡蛋。文学社的主旨是进行文学活动，虽然我的语文成绩也仅是中等水准，不过还是打算认真参加的。

我在文学社中才第一次知道原来与料理有关的文学作品也是相当多的。例如怀德的《大草原上的小木屋》①、梅尔维尔的《白鲸》②等都是如此。在《绿山墙的安妮》③一书中，也经常有非常美味的烤制点心登场。当读书会以阿加莎·克里斯蒂④所著的大侦探

---

① 怀德：即苏拉·英格斯·怀德（Laura Ingalls Wilder），美国儿童文学女作家，“小木屋系列”是她的主要作品。

② 梅尔维尔：即赫尔曼·梅尔维尔（Herman Melville），19世纪美国伟大的小说家、散文家和诗人，其著作《白鲸》位列世界十大文学名著之一。

③ 《绿山墙的安妮》：加拿大著名女作家露西·莫德·蒙格玛丽（Lucy Maud Montgomery）的著作。

④ 阿加莎·克里斯蒂（Agatha Christie）：英国女侦探小说家、剧作家，三大推理文学宗师之一。

波洛系列为主题进行讨论时，我便将这一系列小说中经常出现的司康面包和罂粟籽派[①]加以重现，得到了大家的一致好评。

经过这些活动，我不断发现文学的有趣之处。慢慢地，我也可以在讨论会上进行一些发言了。我能够通过料理得到文学上的启发，必须要感谢白石泉的帮助。

自从我入会以来，新增的成员有三名。首先是高我一学年、以医学部为目标的古贺园子；其次是从保加利亚来的留学生狄安娜·德切娃；再有就是新入校且是奖学金得主的二谷美礼。要吃美食的人增多了，令我越发能够发挥自己的本领，也越发觉得快乐。读书会、讨论会要延长时间的时候，我就会做荷包饭、三明治、意大利面之类，作为便餐给大家享用。

那次火灾导致我家的西洋餐馆计划被迫取消了。父亲为了将料理店重建起来到处活动，但要获得援助资金是非常困难的。因此，我也只能试图将自己中途被烧毁的梦想，在这个厨房中进行重现了。

在文学社中度过的时间真快乐。虽然人数不多，但所有成员

① 在欧洲及中东，罂粟子被用于烘焙面包、蛋糕、馅儿包、饼干等，其经过干燥已基本没有毒性。

都很亲密，互相之间团结友爱。复活节与圣灵降临祭上，我们决定要制作300个奶油蛋糕，于是给每个人都分配了诸如购买材料、计量、材料准备、清洗等工作，忙了三天三夜才全部烘焙完成。

看着在冷柜中整齐排列的整整300个蛋糕，我感到无比充实。将刚烘焙好的蛋糕进行急速冷冻，其风味和香味将被封存在最新鲜的状态。虽然说只是拿到学院的跳蚤市场上去卖，但只要是收了钱，当然要卖最好的东西。我是很骄傲于做点心这件事的，而这间厨房充满着我的骄傲。这都是靠泉才得以实现的。

对于女生来说，一边播放着喜欢的音乐，一边聊天，同时又制作着蛋糕，实在是顶级的快乐。我们没有任何懈怠，完全是按照计划在一天之内制作了100个蛋糕出来，这都是副会长澄川小百合进行严格日程管理的功劳。在工具摆出来的同时融化黄油、在搅拌小麦粉的同时将烤炉升温、在烤制的同时搅拌下一份生麦粉、在刚刚出炉的蛋糕表面立即洒上朗姆酒生成表膜……小百合不断发出非常明确的指示，使得整个过程非常顺畅。因为即便是已经完全熟练烤制蛋糕的我，要在一天之内烤出一百个，也难免会搞不清楚什么时候应该做什么而忙乱起来。泉虽然性格积极且具领袖气质，但欠缺小百合那样的严整计划性。正是因为有了小百合的支持，泉才得以随心所欲地开展活动。这就是白石泉与澄川小百合被所有人公认为是最理想的BFF——Best Friends Forever

的理由吧。我心中想，如果未来开设西洋点心店，能够得到小百合前辈的帮助就好了。

澄川小百合就是这么一位躲在暗处对他人进行支持帮助的人。

即使是入会之后，我还是偶尔会有不喜欢泉的感觉。在读书会上，当我发表有些大胆的自我理解时，泉就会陈述完全与之相反的意见。就算我发表哪怕只有一点儿反对意见，也会遭到她的激烈反驳。这个时候小百合就会插进来缓和气氛："哎呀泉，你也真是的，不过是文学解释罢了，每个人都有各自的见解才是有趣的嘛。"

泉是华美且绚烂的人，而小百合则完全是秉持孤寂世界观的人。她的感性是冷静的，保持着自我控制的同时，又拥有不可动摇的自我。她在泉的身边默默微笑，在泉激进的时候又进行巧妙地制约。学院的女生们，还有文学社的成员们都强烈憧憬着能像泉一样，大概只有我一直暗暗在心里祈祷，能够成为小百合那样的女性。

就这样，我打算以泉和小百合为中心，与诸位社团成员良好地相处下去。我入会已经快一年了，每周的沙龙活动、学院的活动、黑暗火锅朗读会，大家都愉快地一起体验。所以我实在没想到最近会接触到那样严重的问题。

有一天，我正在厨房中搅拌细砂糖和杏仁粉，却看到表情阴沉的泉走了进来。

“前辈，发生什么事了吗？”

“嗯，其实呢……”泉叹了一口气说，“真是困扰啊，被人纠缠了。”

“哦？”

我想起经常在走廊里、上学路上等待泉的那些低年级女生。那其中有些积极的孩子还会送来书信和礼物，也有来问泉的手机信箱地址的。泉虽然以平和的态度对待她们，但想来内心也是感觉很累的吧。

“前辈很引人注目，也是没办法的事呀。毕竟是大家的偶像嘛。”

“不是这种程度的，而是甚至跑到我家里来了。”

“啊？跑到您家里……”

“嗯，说是想做我弟弟的家庭教师，就强行进了我家。”

家庭教师？这么说来——

“那没有办法拒绝吗？”

“已经拒绝很多次了。但还是跟我说不要钱都行之类的。但我怎么能不给钱呢？我们是每个月都给她钱了，但无论如何，感觉不好。”

“这事也太奇怪了。要不要和校长商量？”

“也只能说她是很有些小聪明的，我们学院不是禁止学生打工的吗？可她直接跑去找校长谈判，说不打工就无法维持生活。这样校长就提议说，如果是做我弟弟的家庭教师，那打工也是可以允许的。就是说校长也已经被拉到她那一边去了。”

“竟然这样……”

我将冷冻之后常温解冻的蛋白倒入碗中，掺入少量的砂糖后发泡。

“你在做什么？”

“法式杏仁饼干。”

“这个很难做吧？”

泉像个小孩子似的把食指插入碗里面去，蘸了一些甜蛋白皮放到嘴里。我继续投入事先打好的可可粉，以铲刀切入的方式使其完全混合。

“不知怎么的，我也觉得她有些可怜，甚至觉得有点儿心痛。家中贫穷，本来是不可能进入我们这所学院的，但她拼命努力想要融入进来。因为没有钱去发型沙龙做头发，就利用放在保健室里面的过氧化氢使头发脱色，还在便宜的手帕上自己模仿刺绣名牌的标志……就算这样做了其实也没法与其他学生接近的。她还自以为是已经成功融入了，其实大家都在背地里暗笑。”

“那确实是很可怜。”

杏仁面糊已经做好了，杏仁饼干能否做成功，现在开始是关键。我把铲刀按在碗里面，将已经产生的泡沫弄破。

“哎呀，这不是好不容易才发泡起来的吗？”泉吃惊地问道。

“这就是挤泡沫啊。”

“挤泡沫？”

“为了防止过分膨胀要将泡沫挤破。如果太过膨胀，表面就会产生空隙裂开来。但如果泡沫挤得太厉害，整个形状也维持不住，会被压扁。所以挤泡沫要挤到什么程度，这个手腕力道实在是非常非常难控制的。”

“原来如此，这就是制作杏仁饼干最关键的一步呢。”

我集中精力将泡沫挤破，泉一直在旁边看着。渐渐的，杏仁面糊上出现了光泽。

“我可以试一下吗？”

“当然可以哦。”

一般来讲，这么重要的步骤我是绝对不会假手于人的。不过泉的悟性还是很高的，我便爽快地将碗交给了她。这是我非常相信她的个人直觉的证据。

“就是这样，总觉得对她生气不起来。”

泉在碗中慢慢回旋铲刀，将面糊中的气泡一个个弄破。几分钟以后操作完成，泉将碗中的铲刀拿出来，可可色的面糊从铲刀上滴落下来。

“这样是否就足够了？”

“还不够呢。请再做一下直到泡沫能够依附在铲子上。”

泉按照我的指示又多进行了一会儿操作。她光洁的额头上有细微的汗水沁出来。

“而且，她所做的还不止这些。”

“还不只这些？光是强行进入你家里去就足够无耻了吧？”

“其实……我们家里还有不少东西不见了。”

“天哪！”

“最初是手帕啊、化妆盒之类的小东西而已，到后来就连利摩日座钟、玻璃杯、花边托盘之类的都不见了，而且连钱包里面的钱也被偷了。”

“那不就是个小偷嘛！”

“说的就是啊。”

本想继续进行操作的泉停下了手，我将铲刀拿起来看了看模样，面糊以丝带一般的状态整齐落入碗中。

“那要不要交给警察处理呢？”

“不行的。毕竟是本学院的学生，那就是我们自家人啊。”

我将面糊分到两个挤压袋里面，将其中一个交给泉。告诉她在薄膜垫上将圆形的形状挤出来。

“我是挤不出茜那样完美的圆形呢。”泉嘟起嘴来说。

“我是做惯了呀。”

在薄膜垫上，100个以上的小小圆形出现了。我们挤完之后，在烘烤之前必须要放置一会儿进行干燥。

“等待的时候我们去喝杯茶吧。”

泉把热水煮沸，放入红茶茶叶。

“今天是什么茶叶？”

“我想喝格雷伯爵[①]。心里积累压力的时候，最好是喝香气比较浓郁的，可以释放心情。”

泉加入热水稍微蒸煮一下，将茶水倒入明顿[②]马克杯。我们并没有将茶拿到沙龙里去，而是就坐在厨桌旁边喝起来。像这样高雅的下午茶时间，我是很喜欢的。

“这些事你父母知道吗？”

“当然是知道的了。我父母和我弟弟都希望她辞去家庭教师，但是她一点儿都不在意。赖着不走，还跑来吃晚饭呢。”

“那个……可以的话，我去帮你赶走她吧。”

“啊？”泉睁大眼睛，随即哈哈笑起来。

---

① 格雷伯爵：茶品名，是以中国正山小种或锡兰红茶等优质红茶为基茶，加入佛手柑油的一种调味茶。是当今世界最流行的红茶调味茶，与大吉岭红茶并列英式下午茶的最经典饮品。

② 明顿（Minton）：英国著名的瓷器品牌。

“小南真是有趣啊。像你这样身材小巧，好像人偶一般，用什么办法去赶走人家啊？”

畅快地笑了一会儿后，泉的脸上突然恢复了平和的微笑。

“啊，不知怎么的，心情一下就放松了呢。”

“如果你愿意的话，随时可以来厨房和我聊天的。”

“是呢，只要来厨房，茜就一定会在。”

在那之后，只要那个家庭教师又发生了什么事，泉就会跑来厨房向我诉说。我在厨房里走来走去地忙活手里的活儿，泉就跟在我身后也忙碌在水槽、冰柜和烤炉之间。只有在这样的时候，我们之间前辈和后辈的关系才会逆转过来。能够看到白石前辈的脸上浮现那样撒娇的表情，我觉得很意外。

一天，我们和那个讨厌的家庭教师在沙龙里面碰面了。

泉在表面上装作什么事也没有，对她也毫无隔阂、和善相待。但是，这显然会给她自己造成很大的压力。泉慢慢地变得沉默寡言，整个人都萎缩下去了。

“到底是怎么了？”

我们向她询问，她也只是无力地摇摇头。大概因为心理压力，泉渐渐地消瘦下去。如果是我的话，就会让那个人辞去家庭教师，然后退出文学社。但泉不是能做出那么绝情事情的人。对于失去了家族料理店，甚至连未来西式餐馆的梦想也一并失去的我，泉都会全力提供帮助，让我能重新振作起来。更何况是对那样一位贫苦的靠奖学金才能来上学的学生，她是不可能将之抛弃的。

与我认识她之前的印象不同，真实的泉是不会将人际关系像挤泡沫一样加以消灭的人。她能够一边将自己的不满和忧郁像泡沫那样挤掉，一边将其他成员顺滑地团结起来，维持社团中良好的关系。既要保持自己不被过分挤压而被压扁，又不能过于维护自己使关系产生裂痕并导致崩溃的局面。以前像这样的关系协调都是小百合的任务，但泉是以她的方式进行折中。也只有能够对这个局面进行完美平衡把握的人，我想才称得上拥有担任会长的能力吧。

某日放学之后，我埋头于厨房中制作次日讨论会将食用的芭芭露，做好之后沙龙里已经只剩我一个人了。洗好工具，擦拭了桌面后我正打算回家去，突然注意到沙发上放着一本手账。手账上包着鳄鱼皮，是泉的东西。刚在前几天她就忘记过一次了，我还给她放到她包里去了。我正想打她的手机联络，正巧她打开门走了进来。

“啊！太好了！忘记在这儿了。”

泉从我手中接过手账，很宝贝地将其抱在怀里。

“多亏被你捡到，要是那个女人的话，说不定又被偷走了呢。”

“难道她还在偷东西吗？”

听到我的疑问，泉的脸色暗下来，泪水夺眶而出。

“前辈？”

“其实……昨天又有一个很重要的东西被偷了。”

“啊！什么被偷了？”

“发卡，铃兰花纹样的。”

“有没有可能是你母亲或者用人给收起来了？”

“我当然去问过了，谁都没有碰它。我还专门收藏在镜台里面的。”

“真是太过分了！”

“要是偷别的东西我还可以原谅。但是，那个铃兰发卡是我已经过世的奶奶特别定制了送给我的。”

“果然还是得去报警吧，这绝对是犯罪了。”

“不行的。耶稣基督说过要原谅对你犯罪的人。”泉脸上浮现出充满慈悲的微笑，“真是个可怜的孩子，不但经济上，而且心灵上也是如此贫穷。我想她也是有很多原因的吧。我还是去找她谈谈吧，想她也不会是那种在骨子里就那么坏的女孩儿。请你也不要责怪她。”

过了几天之后，泉满脸欢喜地来找我了。

“我和她说好要好好谈谈了。明天放学后去小阳台上谈，因为那个地方是她喜欢的，不用担心被任何人听见。我打算直接就向她挑明所有事情。”

在我看来那个人就是个卑劣小偷，但是泉无论如何也要保住她的颜面和自尊心。所以再怎么说，她也应该有所反省吧。

然而——

为什么事情最后会变成这样呢？我看着倒在花坛中泉的遗体简直呆住了。是谈话谈崩了？被泉责怪反而发起脾气了？还是一开始就打算要把泉推下去，所以才叫她上阳台去？

我居然自以为是地认为她会进行反省并为自己的行为感到羞愧，多么的天真啊！在许多女学生的悲叹与哭泣声中，我只是呆滞地看着泉的尸体被担架抬走。在那时，我看到泉流血的手中紧紧握着一束花——铃兰花。

我立刻就明白了。那是泉向我传达的隐形信息。那束花向我诉说着谁是凶手，并且即使到那时也请我原谅她，它实在是包含着泉高贵的灵魂在内啊。

泉死去至今已经有一个星期的时间了。无论是学院、白石家还是警察，为了搞清楚泉死去的真相一直在追究铃兰花的深意何在。但是我一直闭口不言，因为我知道指出谁是凶手是违反泉的本意的。但是，这也导致了许多猜测，社团每个成员都成了嫌疑人，各种乱七八糟的流言更是从未间断。

因此，我必须要站出来阐述真相。虽然对不起慈悲心深厚的泉，但是作为我个人来说是无法原谅那个凶手的。对于如此背叛的行为，我想在未来被召入天国，与泉再度相会时做真诚的道歉。

会长 澄川小百合：

小南茜同学，感谢你的朗读。

我印象中你一直是保持着平和的微笑、烘焙着好吃的点心，因此，实在是没想到如此讽刺的尖锐小说是出自你手呢。但这也正是小说这种题材真正吸引人的原因了：将事实进行客观陈述为文章，由此将自己也未能察觉的真正心声表达出来。

小南同学，难道说直到写这部作品之前，你都是有点儿讨厌泉的吗？是不是开始写作之后才感觉到自身过往的真正心情？

——啊，果然就是那样吧。这也正是本次朗读会主题的真正意义所在：以自己的心声怀念故人。

而小说的内容也实在是意味深长呢。你的意思是早就明白凶手是谁了吧？然而，却与刚才那篇朗读作品之间存在着明显的矛盾。到底真相是怎样的呢……在黑暗之中，感觉要明确把握真实与虚构是很难做到的，好混乱啊。

接下来还要请余下各位进行朗读，感觉是带有兴奋、又有点儿害怕。到底大家各自都带来了怎样的故事呢？

啊，对不起，小南同学请回到座位上。虽然你曾经说过不擅长语文，也没有什么兴趣进行写作，但文章表现力实在是厉害。犹如猛烈的毒药完全发挥了作用呢。

请大家为小南茜同学鼓掌。

啊，又是一声巨雷。好像风声还是完全没有停歇的样子，雨势却是越来越大了。真是令人害怕的气势。

大家喝的饮料还够吗？为了调味给大家都倒上水果味的鸡尾酒吧。黑暗中为了防绊倒，我就先用一下蜡烛吧。来吧，请各位都不要客气。

——啊，二谷同学你怎么了，脸色好像很苍白？而且为什么那么慌张要把发卡给取下来？你不是说这是泉送给你的，非常重要的见证物吗……

各位，食材已经完全煮熟了呢。在倾听朗读的同时，也不要忘记吃东西哦。

那么接下来——是谁来着？啊对了，是留学生狄安娜·德切娃同学。请不用急忙地准备，慢慢享用就好了。

春天的巴尔干

朗读者：留学生　狄安娜·德切娃

我的祖国保加利亚，自古便有吸血鬼的传说。

说起吸血鬼，非常有名的是罗马尼亚的特兰西瓦尼亚的达库拉伯爵。不过，在我们保加利亚也有谁谁的结婚对象是吸血鬼之类的很多民间传说流传下来。

我所居住的村庄是在巴尔干山脉的山麓地带，名叫莱巴格拉德村，有传说在那里曾有吸血鬼装扮成年轻姑娘出没。那个吸血鬼名叫拉米亚，她能够使用魔法，因此相对于其他吸血鬼来说，她大概更接近于是个魔女。

每年春季，村里都会举行拉米亚的宴会。夜晚，所有人都集合起来，将堆积在山上的枯树枝点上火，在熊熊燃烧的火焰周围舞蹈庆祝。年轻姑娘穿着黑色礼裙，挨个儿与他人相拥抱的同时做出吸血的动作。耀眼的火光闪耀在村子各处，犹如恶魔的笑脸一般晃动着。人们焚香、灌酒、疯狂舞蹈，将烟草吸管互相传递着吞云吐雾。热流让每个人都面红耳赤，映照着火光的眼瞳好似也燃烧起来了似的。

吸血鬼，是生存着的死者。人们都说在深夜的宴会上，生者和死者之间的界限将会消失，死者的灵魂就在周围走动。我曾经想过，是不是舞蹈的人、歌唱的人越兴奋，正是这个人其实已经早就死去的证据。

在那人群之中有一个女孩儿，身上包裹着黑乌鸦羽毛礼服裙，显得那么不吉利，却格外美丽。她有着稍显湿润的漆黑眼瞳，犹如白蜡般光泽的肌肤。每当她跳舞靠近火苗的时候，汗水飞散开来，长长的头发使周围的空气也卷动起来。人人都忘了歌唱，好似做梦一般看着这个女孩儿的舞蹈。

不知是谁说了一声:“是拉米亚！”那个女孩儿就是如此美丽，又如此神秘。

这个女孩就是泉。

是我的姐姐艾玛把泉带到那个晚宴上的。

说是姐姐，其实我们是双胞胎，同年同月同日出生的。我们那儿的人家里都很穷，我们家能同时让我们姐妹俩都上高中是很不容易的。我因为在小的时候遭遇过事故，左脚不方便走路，所以没有在外工作赚钱。像我们村里面其他孩子，要么去摘花，要么去种菜，基本都在干些赚钱的活计，这并不稀奇。艾玛也是从小就在菜园里当帮手，或者去照顾牛。进入高中以后，她乘坐一个小时左右的公交车去镇上的旅游公司打工以补贴家用。艾玛是个健康、快活、好动的人，无论在学校还是在村里都很有人气。艾玛说过，她的梦想是到各个国家去旅行，所以才会选择旅游公司的工作。

我们所在的莱巴格拉德村是个距离首都索非亚很远，而且很小很小的村庄。虽然它位于有名的“玫瑰谷”卡赞勒克近郊[①]，但村子自身并不是什么观光胜地，除了有人会在去玫瑰谷的途中走过以外，几乎是不会有人专程来拜访的。但是自从姐姐艾玛去了旅游公司工作以后，积极引导观光客来莱巴格拉德村，于是村子也渐渐热闹起来。

后来，艾玛开始组织村民，将村子里的普通民居改造为可供外国旅行者住宿的民宿，这一举动广受好评。与前往美国或英国不同，专门选择来保加利亚的旅行者，通常是对这片土地上的日常生活感兴趣，想要加以体验的人。住在村子里的民宿中，吃着天然菜肴，由村人带着去附近观光，这样的企划大获成功。不过因为旅行者不是住旅馆，而是住在民宿里面，多少还是有一些麻

① 卡赞勒克：保加利亚著名的玫瑰城，是玫瑰油提炼工业中心。玫瑰谷从这里延伸开去，春末夏初时，谷中玫瑰盛开，百里飘香。

烦。比如，旅行者把民宿主人的家里给搞脏了，或者太过吵闹、行为不礼貌等等。而在众多的旅行者中，来自日本的客人通常比较平和、爱干净，因此很受欢迎。我们便从那个时候开始喜欢上了日本和日本人。

不久之后，日本方面询问可否组织高中生到我们那儿进行两周家庭留学活动。因为将要前来的学生只有一名，且与我们是同龄人，所以便决定住宿在我们家。这名来到我家的学生，就是泉。

带领泉前来留学的北条老师，忙于国际研修和学校参观的事情到处跑，因此基本上就由我和艾玛负责照顾泉。我和艾玛此前几乎都不知道日本的事情，完全是从泉那里听了很多关于那个东洋小岛国的事情，令我们两个人都着了迷。那里的每一个城市都矗立着高楼大厦，同时也被丰饶的海洋与自然所包围，还能品尝到来自全世界各地的美食。我在心中祈愿着有朝一日能够拜访日本。如同我们喜欢上了泉的祖国一样，泉也喜欢上了保加利亚。

我们两个人带着泉游览了很多美丽的地方。雄壮巍峨、残雪点点的维托沙山[①]、黑海边犹如黄金般闪耀的沙滩、永远滋润着我

---

① 维托沙山：位于保加利亚首都索非亚以南10公里处，是著名的游览胜地，素有“小索非亚”的美称，最高峰海拔2285米，因山峰挺拔终年搏击天际乌云而称“黑峰”。

们的母亲河多瑙河、拥有许多庄严壁画的里拉修道院[①]，还有无数野生动物们自由成长的所在、位于皮林山脉[②]中的庞大国家公园。

保加利亚绝不是一个经济富裕的国家，在欧洲也算是最贫穷的国家之一，实在是穷得很。但是我骄傲地认为，论自然风光的美丽，保加利亚在欧洲可位列第一。

泉为人开朗，对任何事物都有兴趣，在观光地也和各种各样的人打招呼，一般旅行者往往敬而远之的地方菜她也率先品尝。她是如此热情奔放、天真烂漫、胸怀广阔，同时又在细微之处能够照顾到其他人，例如我们走得腿脚酸痛而放慢速度的时候，她会不经意间调整步伐与我们同行。

泉能够以很流利的英语对话。她经常去艾玛的睡房，欢快地聊上很多。两周的留学时间虽然不长，但我们之间还是产生了足够称之为亲密朋友的关系。

快乐的时光总是那么短暂，全世界都是如此吧。很快，泉留

---

① 里拉修道院：位于索非亚以南约60公里处，保加利亚著名的古修道院，也是巴尔干半岛最大的修道院，号称保加利亚人民“民族精神的堡垒”，1983年被列入世界遗产名录。

② 皮林山脉：位于保加利亚西南部的山脉，长80公里、宽40公里，面积2585平方公里，最高点海拔高度2915米。

学的最后一天便在眼前了。最后一个夜晚，我们邀请了很多邻居到家里来参加泉的送别晚会，用大量羊奶酪制作的沙普卡沙拉[①]和烤羊肉串摆满餐桌。我们自家酿的拉吉亚酒[②]也摆上了很多。北条老师和泉都非常高兴。

泉身着日本和服，因为衣袖长到可以碰到地板，因此称为“振袖”，据说这是日本未婚女性的礼服。柔和的粉色面料上描绘着樱花和瑞鸟的图案，非常华丽，结腰带上则用大朵蔷薇展现出背部的华美。

泉整个人犹如一幅美丽的绘画。她的一举一动都好似有光芒喷射而出似的灿烂无比。我已经忘记其他的事，只顾着目不转睛地盯着泉看。

“狄安娜，怎么了？”泉注意到我的视线，笑着对我说，“我的和服有这么稀奇吗？”

“嗯，我是第一次见到，真是好美丽啊。”

“谢谢。”

“特意从日本带过来的吗？”

---

① 沙普卡沙拉（Shopska Salad）：保加利亚人吃的频率最高的沙拉，也受到整个东欧人民的喜爱。

② 拉吉亚酒：一种保加利亚民间广泛酿造的白兰地酒。

“是的呢。”

我想起放在泉房间里的那个行李箱，里面应该放满了她这两周所用的物品，所以这样尺寸的和服想来是不可能塞进那个行李箱一早就带来的。

泉笑了起来，说：“宴会结束了请到我的房间里来。我可以将怎么放进去的展示给你看。”

在宴会过程中，泉的魅力无时无刻不吸引着大家。来自东洋的璀璨钻石——客人们一边众口一词地赞美泉，一边盛情邀请泉一起跳舞。尽管和服的裾边和木拖鞋都有些碍事，但泉的舞步仍然非常轻快，犹如在身上施了魔法一般。我向靠在墙壁上喝着拉吉亚酒的北条老师问道：“日本的女孩儿都这样美丽吗？”北条先生笑起来，回答道：“如果是那样的话，日本实在是最有福的国家了。白石同学的美丽是特别的哦。”

宴会终了，大家都回去了，我突然之间感觉到寂寞，毕竟，泉留在这里的时间只剩今晚了。到了早晨，泉就会经由索非亚机场飞回国。我想到这里，便禁不住一边在洗碗槽边洗餐具，一边流泪，这时有人拍了拍我的肩膀。

“约定好了哦，到屋里来吧。”

我瞧了瞧艾玛，她正在和父母一起收拾客厅。我用毛巾擦擦手，踮起脚尖，跟在泉后面走进她的房间。

我们刚一进门，泉就把房门锁起来。她站在我面前，将描绘着花朵的结腰带给解开。那么大尺寸且华丽的东西，竟然只是由一条细长的布所组成的！更加令人震惊的是，外形复杂、能够覆盖全身的和服，脱下并且折叠之后，就变成了并不厚的长方形物体。泉将腰带与和服用染了黄色的和纸包裹起来。这种名为“文库纸”的日本和纸，用名为“郁金”的植物汁液浸泡，具有防止虫蛀的效果。泉将用文库纸包裹的一整件和服放到行李箱的最下层。真的只有几厘米的厚度，再加上木拖鞋、和式袜子、腰带这些小东西，也只需要很小空间就全都放下了。

“怎么样，全部都放进来了吧？”泉微笑着对我说。

日本人真是聪明啊。那样复杂的形状居然能够折叠成如此平坦且完全是长方形，正好就是可以完美地放入抽屉的尺寸。这样的话就算带着十件和服，也可以从容放进行李箱出去旅行。我们的礼裙可实在做不到这样。每个部位都蓬松开来，绝不可能折叠为完美长方形的。

“听说日本因为是个小国家，所以到处都很拥挤。我想和服便如实体现出了日本人在狭小空间中生存所产生的智慧吧。相比泉穿在身上的时候，横躺在旅行箱底下的和服显得更加美丽了。我体会到日本人一定是从很久以前开始，便是充满着骄傲、具有丰富独创性的民族吧。”

“是这样的呢。要不你也穿下试试吧。”

泉将文库纸再次打开，取出和服，将其展开。在只有昏暗灯光的简陋卧室中，这是多么奢华的东西啊。

“让我穿？我不行的啊。”

我比泉要高出十厘米左右，而且骨架和腰围都长得太大了。与体型完美的泉的尺寸相差悬殊，肯定是穿不了的。

“一定会合身的，先穿穿看吧。”

泉强行将我的连衣裙脱了下来，然后将自己身上穿的长衬衣[①]也脱下来，先盖在我的肩上，随后巧妙地通过袖子连起衣襟。衬衣上还稍稍留着泉身上的温度和香气。身上只剩下简单的白色长筒内衣的泉，开始将和服穿在我身上。令我更加吃惊的是，和服的长度和宽幅居然都可以进行调整，与泉的身体尺寸完全不同的我竟然也毫无困难地穿上了。泉将结腰带以复杂的手法给卷起来，并且做成好似跃跃欲飞的鸟的形状。

“非常合适呢，照下镜子吧。”

面对着老旧的镜子，我看到自己穿和服的身姿。令我意外的是并没有强烈的违和感，真的是相当合适的感觉。和服看着别人

① 日式长衬衣被称为长襦袢，是一种穿在和服内的长衬衣，男女均可穿着。长襦袢的出现是因为和服多以丝缎制成，非常纤弱以及难以清洁，穿上长襦袢就可以避免身体与和服的接触，降低弄污的风险。

穿的时候很漂亮，穿在自己身上之后又是完全不同的乐趣。好像全身上下绽放出鲜花，有小鸟鸣叫、有清澈的川流涌动一般。

“我和泉的体型相差这么多，居然能够完全不用修改就穿在我身上！”

“呵呵，其实这是我家阿秀奶奶穿过的哦。”

“什么？”

“阿秀奶奶传给我奶奶，我奶奶传给我母亲，然后由我继承。这期间没有修改过一次。和服可以适应一定程度内的身高与体型差距。我也打算以后传给自己的女儿呢。”

真是太厉害了！西式礼裙是完全不可能做到的。如和服这般聪慧的文化，在西方世界是否存在呢？隐藏在高楼大厦与最新高科技背后的是日本这个国家所独有的崇高文化，这才是这个小国的底气所在吧。

对于那时候几乎不了解日本的我来说，感觉应该没有比这更厉害的日本文化了吧。我沾沾自喜于了解了这么一点点的和服知识，可以说是激动不已。

那时候形成的印象，放到已经留学日本数月的现在都没有什么改变。来到日本以后，有机会接触到茶道、花道、歌舞伎等各种代表性的日本文化。但是对我来说，这其中最高端的仍然是能平平整整、长方形折叠起来的和服。

“我脱下来吧，弄脏了可不好。”

听到我这么说，泉轻轻点点头，开始解开腰带。

和服无论是帮忙穿上还是脱掉，都会使两个人亲密接触呢。我和泉好多次几乎是互相拥抱在一起，手臂交叉缠绕，脸几乎贴近到好似要接吻的程度。我变得呼吸急促起来。一开始我还以为是腰带缠绕太紧的关系，到后来才察觉到是因为在近距离看着泉长长的眼睫、可爱的面颊和白皙的脖颈，太过激动。

等到我把和服给脱下来，忽然间对自己只穿内衣和内裤的样子感觉羞耻起来，慌忙将连衣裙穿上。泉重新将长衬衣与和服叠好，又用文库纸包好，放回行李箱里面。

“你回去了我会寂寞的。”我叹了一口气，泉也以遗憾的目光看向我。

“我也是。不过我保证，一定会再来的。”

这么说着，泉突然抱紧了我。我在泉的双臂环绕之中，连保持呼吸都困难得很了，稍微动一动，整个感情就会是倾泻而出的状态。

次日清晨，我和艾玛将泉接送到索非亚机场。我的泪水已经无法抑制。北条老师已经等在机场，我充满悲伤地看着两个人办理登机手续。

“多维基塔内！”泉一边拥抱我和艾玛，一边用保加利亚语说

“再见”。大概是因为我哭得太厉害了，泉在拥抱过艾玛之后，用了更长的时间来拥抱我，并抚慰地轻拍我的背。真不想让她离去啊，不想放开她的手臂。可无论怎样祈愿，时间还是无情地流逝，终于来到了告别的时间。

“我们一定会重逢的，保证！”

泉的眼眶中也噙满了泪水。

“什么时候呢？”听我这么询问，泉稍微想了想，回答道：“明年。”

“真的吗？”

“是的。”泉的脸上现出好似鼓励我的微笑，转头向北条老师宣告一般说道：“老师，明年我短期留学还要来保加利亚。”这大概是她看到我如此伤心，想给我一个比口头约定更保险的约定。北条老师似乎察觉到其中的奥秘，便点点头，笑着宽慰我道：“明白了，等回国以后，我去交涉，明年还来这里。所以说，狄安娜不要哭了，明年还要受你的关照呢。”

我和北条老师在其逗留期间几乎没有交流，偶尔在一块出门，他也经常一有时间便翻开书本，表现出一副虽然年轻却厌恶尘世、总是在沉思的神秘姿态。和他稍微说几句话也很难，感觉是个严厉的老师。但是在机场的对话让我感觉到他其实是一个心地宽厚的人。

然后，他们两个人便消失在了登机口。看着泉渐渐远去的身影，直至完全消失，我才终于发觉自己愚笨的、爱着泉的感情存于心底。

明年，感觉是非常遥远的未来。

每天我都向泉发送电子邮件。泉只要有空都会给我发来回信。好似为了填补心中的空白，我开始学习日语。艾玛去索非亚之后，顺便为我买了附带有语音 CD 的日语参考书。我每天都听着 CD 进行学习。每次艾玛将来自日本的旅行者带来观光时我都会去陪伴，趁机练习口语对话。日文汉字对我来说虽然非常难，但我一心想着一年之后要让泉大吃一惊，所以坚持每天都用两个小时的时间抄写芥川龙之介或者三岛由纪夫的作品，以增加词汇量。学习的辛苦，与不能与泉相见的痛苦相比，实在不算什么。

我在年历上不断地打着叉，坚持每天学习下去。终于，再次相会的时刻就要到来了。我和艾玛一起到索非亚机场去迎接。当我们在候机楼看到无比想念的泉向我们走来的时候，心中充满了激动之情。

听到我用日语上前打招呼“真高兴你回来了！这一年时间我都在期盼着与你重逢”，泉的脸上出现了我所期待的、非常吃惊的表情。

“狄安娜，真没想到，你能说日语了？”

“是的，为了能与你更好地交流。”

“哇，真高兴啊！”

泉与一年之前没有任何变化，用柔软的手臂拥抱着我。在泉的背后，北条老师笑着站在那里。

“北条老师，好久不见。”

“真是叫人吃惊啊，你的发音好棒。”

“老师是教授语文的吧？能否请您在逗留期间教我日语的敬语呢？”

“小事一桩。”

“啊？”

“就是‘OK’的意思。”

我们谈笑了一会儿后，才注意到泉的旁边还站着一位同样由北条老师带过来的女孩儿。她既没有做自我介绍，也没有加入我们的对话，只是有点儿无聊似的站在一边。

“高冈君，这位就是我和白石同学去年短期留学时一直照顾我们的艾玛，还有她的妹妹狄安娜。”

北条老师向那位女孩儿介绍着。女孩儿的目光扫过我和艾玛，微微点了点头，似乎这就算是打过招呼了。

“她是今春开始升入高年级部二年级的高冈志夜。”北条老师为那个冷淡的女孩儿做着介绍。

“高冈同学是有名的作家呢，是我们文学社的成员哦。”泉补充道。

泉还介绍说，高冈曾是青春大赏小说奖得主，那部小说的名字是《君影草》[1]。泉在和我们介绍这些时显得非常高兴，好像这些都是她自己的成绩一般，发自内心地感觉自豪。

我有些失望，因为竟然还有其他的学生前来，而且还要完全和我们一同行动。我不可能只与泉讲话，也得应对这名冷淡的女生，而我对她的印象并不好。

“欢迎来到保加利亚。”

艾玛笑着向她伸出右手。对于艾玛来说，即使是这样冷淡的人也是重要的顾客。

“嗨。”高冈迅速地伸出手来与艾玛握了一下。但是她的视线，既没有看着我，也没有看着艾玛，而是投向了泉的方向。

那种犹如冰冻似的锐利视线，如今回想起来——也许从那时起，高冈可能就想着要杀害泉。

---

① 君影草：即铃兰花。铃兰花在日本有两个别名，一个是来自于西方的“谷间姬百合”，另一个就是“君影草”。

不出所料，无论到哪里去，高冈都和我们在一起。

虽然考虑过能不能想办法将高冈塞给北条老师去应付，但是北条老师如同去年一样忙于参观教育设施和研修，与我们是分开行动的。因此，所有的游览、导游工作还是交给艾玛负责的。艾玛彻夜准备可以高效游览各个知名景点的行程计划。

里拉修道院、玫瑰谷、历史博物馆——怎么看都是和去年很相似的参观行程，不过今年在其中加入了“埃尔提米尔的城堡”。这座城堡是14世纪的统治者埃尔提米尔[①]抵抗土耳其军队进攻的要塞。去年因为日程没法调整，所以没有去参观。

关于埃尔提米尔城堡，自古流传着一个悲惨的传说。据说当土耳其军队攻入城堡的时候，有两位美丽的姑娘宁愿跳河自尽，也不愿落入敌手。为了表示自己绝不反悔的决心，她们将头发紧紧地系在一起。就在要跳入河中的一刹那，她们的身体突然变成了岩石。至今，这两块少女化身的岩石依然矗立在城堡的遗迹上，悲叹着历史上曾流过的鲜血、逝去的灵魂——就是这样的故事。还传说那个地方经常会出现女孩子的亡灵，因此成为越来越受观光客欢迎的人气景点。

---

① 埃尔提米尔：13世纪至14世纪间统治保加利亚卡赞勒克地区的王室家族，因败于奥斯曼土耳其军队入侵而覆灭。

泉对这个传说特别感兴趣。当看到那两块依靠在一起的岩石，她流泪了，非常热心地听艾玛讲解奥斯曼土耳其侵略的历史。泉在遗迹的每个地点都兴趣盎然，提出了很多的问题，连作为专业导游的艾玛也感觉压力很大。

而高冈同学则无论到哪里都显出一副很无聊的样子，就连进入到能容纳五千人、普通人第一次参观必定被其壮美所震惊的亚历山大·涅夫斯基主教座堂[①]，她也是一副不为所动的神情。我当时往身后一瞥，见她不过是摆弄手机而已。尽管她手上拿着带镜头的、很高档的照相机，但也并不很积极拍照，只有在泉催促的时候才拍一下。她明显对于保加利亚这个国家的历史、文化、语言都没什么兴趣。既然如此，高冈同学为什么还要选择来这里短期留学呢？我想到这儿便生起气来，好多次都想要把她的照相机藏起来让她着急。不过高冈同学虽然很少使用照相机，却一直将它的系带缠绕在手腕上，很小心地带着走。无论是面对风景秀丽的自然风光，还是历史底蕴深厚的标志性建筑物，高冈同学好像都没兴趣拿起相机去拍照，这到底算什么意思呢？

总之，高冈同学就是这么我行我素。她所暂住的家庭是我的

① 亚历山大·涅夫斯基主教座堂：位于首都索非亚的东正教主教座堂，新拜占庭式建筑风格，是保加利亚最具代表性的古典建筑，也是巴尔干半岛最大的教堂。

邻居维西家，做此决定的是艾玛，但高冈不停地抱怨那里的菜不好吃，强迫艾玛给她换了别的家庭。然而换了之后又因嫌弃那家房间肮脏而发怒，结果只好把她安排到卡桑拉克的旅馆里去住了。

按照艾玛的旅行公司与圣母女子学院的协议，第一条约定就是，来此短期留学的学生一定要住宿在某个普通的家庭里面。出于增进国际交流的目的，这是理所当然的。艾玛虽然多次对高冈同学说明了这一点，然而她全然不顾。最后，她甚至威胁艾玛要向圣母女子学院报告说艾玛服务不周。如果那样的话，艾玛很有可能会失去现在的工作。结果艾玛没有法子，只好瞒着泉和北条老师，将高冈同学送去旅馆。高冈同学不想离开泉的身边，更是非常期盼早日回国，数着日子等待着短期留学结束的那一天。

高冈同学虽然对我和艾玛的态度非常恶劣，但是她对泉却始终保持着笑脸，极为客气地和泉说话。不过我已经发觉了，高冈同学面向泉的那张笑脸，其实一直是紧绷的，她的目光里面一点儿笑意都没有。一开始我还以为是因为泉是她的前辈，所以她有点儿紧张，但后来感觉到高冈同学的态度中经常含有冷冰冰的寒气。

而且高冈同学会对泉做出一些类似小孩子的恶作剧。在旅游大巴上面，泉没发觉耳环掉到了地上，高冈同学立刻将其捡起来藏到自己包里，然后装模作样地和泉一起在大巴车里找耳环。

还有一件事：作为去里拉修道院参观的纪念，泉给我们每个人都买了一只一样的手环。我和艾玛都很高兴，马上戴在了手腕上。而高冈同学却微笑着说："谢谢前辈。"便将那个以粉色为基调的可爱手环放进了口袋里。第二天，艾玛按约定的时间去高冈同学的房间接她的时候，无意间看到有粉红色的东西被折断粉碎后扔在了垃圾箱里。

虽然我们在一边看清楚了高冈同学的恶意，但泉对此毫无察觉。她像个姐姐似的关心高冈的身体状况。我所爱的泉真是个天真纯洁的人啊。泉无论在什么时候都是完美的女性。那样优秀的人，为何会被高冈如此讨厌，我们实在是不可理解。

但是经过数日相处之后，我稍微察觉到其中的缘由。泉在文学社团具有主宰性的地位，对于文学有着独到的审美眼光。在景点观光或者是在大巴上的时候，她时常讲述极其具有个人特色的文学观点，对于任何人气作品都会直接批判"但这样的地方我不喜欢"。平常很温和的泉，谈到文学的时候便充满热情、妙语连珠。对于高冈同学的处女作《君影草》，泉也以同样的口吻列举过其缺点：

"在那个场景下主人公发怒实在是不自然，如果是日本人的话，首先应该会哭泣的。"

"这个父子关系感觉描绘得过于干涩了。如果在外国，小孩子确实是从很小的时候就开始独立了；但在日本，即使长大成人也会互相依赖吧。我想，这方面的差别需要更深刻的体会才能够写得好这一段。”

无论泉说什么，高冈都不反驳，只是摆出一张笑脸；无论任何批判，最后都会以“高冈同学是归国女子（高冈志夜小时候似乎是在法国生活的），所以可能是没办法的啦”结束。高冈同学也知道只要适当地点点头，批判就会很快结束的，因此才沉默并微笑的吧。但是在高冈同学这番好似什么事也没有的表面功夫底下，却隐藏着痛恨泉的情绪，实在是非常阴险。我由此越来越讨厌她了。

最后一天，我们计划前往美术馆，但是我和艾玛都被自己学校里的事情拖累，实在抽不出空来。泉说：“不要紧的，我和高冈同学两个人去就行。”我却想：“这可绝对不行！”就算在我和艾玛的面前高冈同学都已经那样充满恶意了，如果再没有旁人的话，她一定会对泉做出过分的事来。所以，我拜托北条老师取消他的学习会，带领她们两个人去参观。

当天，我和艾玛一结束学校里的事，就赶快赶回到家里。确认泉已经平安无事地回来了，心里的一块石头才算落了地。

“美术馆怎么样？没发生什么事吧？开心吗？高冈同学没对你

做什么吧？”

我打开门便向泉提了一大堆问题。

“哎呀，你这人，一下子提这么多问题。我一个个回答你。首先，平安抵达美术馆，多亏了你将当地巴士的乘坐方法教会了北条老师呢。其次，美术馆之行很愉快啊。最后，高冈同学什么也没对我做啊，因为她根本就没有来嘛。”泉说着笑了起来。

“她没来？”

“嗯，她说是身体不适。”

“那真是太好了。”

“啊？”

“不，没什么。总之没让泉遇到不愉快就好了。”

高冈同学没有来，我的心中便轻松下来。最后一天身体不适，这肯定是自作自受。

那天晚上，和去年一样，在我家召开了气氛轻松的家庭聚会。泉再次穿着和服，向我们保加利亚人展现着美丽。身体不适的高冈同学依然没有来。

在宴会中，我感觉悲伤起来。虽然泉说进入大学前的春假期间还会再来，但我们又将有一年的时间无法相见。虽然为了不让泉担心，我故意做出笑脸，但眼泪还是止不住地流下来。

“狄安娜，别哭了。来，我有件礼物给你。”

泉叫我坐到沙发上。无论什么时候，她都注意不让我的残腿负担过重。

“这个，希望你喜欢。”

那是个用蓝色包装纸包着的盒子。我打开来一看，端端正正地摆放着一个可爱的人偶。

“哇！”

“今天在市场上看到的，是不是和我有点儿相像？”

“像！简直就是一模一样！”

“是吧，我自己也吃了一惊呢。”

“真是太高兴了，谢谢，我一定珍藏起来。”

我将人偶拿出来紧紧抱在胸前。这个人偶大约有三十厘米高，材质大概是塑料的，穿着高雅且富有情调的淡蓝色礼服裙子。美丽的褐色长发，黑色闪亮的玻璃眼睛，嘴唇上点着一点点儿粉红色，好似绽放出烦恼的微笑。越看越觉得和泉相似。我决定就把这个人偶叫作“泉”。

大概是靠着人偶的安慰，第二天在机场与泉分别的时候，我并不像去年那般的伤心了。

“艾玛、狄安娜，非常感谢你们。”北条老师对我们说。高冈同学刚一到机场，便冷淡地对我们说了一句“Thank you”，然后立刻一个人走向登机口去了。

“明年还会再见吧？”

“肯定会的，狄安娜。”

艾玛说：“我们要是有机会的话也想去日本呢。”

“真的？请一定要来日本啊。”泉微笑着回答道。

结束送机回到家里，我立刻跑向卧室，因为床上泉的人偶正等待着我。

我把人偶举起来放在眼前，对着它叫道：“泉，我回来了！”

——欢迎回家狄安娜，今天起请多关照哦。

人偶的表情好似是在这样回答我。我的心情一下高兴起来，抚摸着人偶泉的脸庞。

从那天开始直至今日，这个人偶从没有离开过我的身边。到了这个年纪还玩人偶实在是不好意思，因此将其用布包裹着，谁也不让知道，就这样去哪儿都带着走。

人偶在我悲伤的时候倾听我的诉说，在我快乐的时候分享我的喜悦。与这个人偶在一起，我感觉自己可以克服任何困难。

泉临走时说的那句“请一定要来日本啊”的话，似乎并非只是外交辞令。在回到日本之后，泉与身为圣母女子学院董事长的父亲，还有校长，进行了交涉，决定请我作为留学生前往日本留学。当我读到这封电子邮件时，真是吃惊与高兴到了难以形容的程度。而且作为特邀留学生，所有费用均由院方负责，居住在学院新改建的修道院中。但是，特邀去留学的只有一个名额，我担心自己的残脚，虽然很想与泉再相会，但还是劝艾玛去留学。我想我的脚是很难适应外国留学生活的，而且本来就是靠着在旅游公司打工的艾玛的努力，我们才得以与泉相识，才有了这次的留学机会。

艾玛为留学进行着踏实的准备工作。姐姐的梦想就是去往形形色色的国家旅行。就算是申请护照的繁杂手续，她也觉得很快乐。她每一天都诉说着“到了日本我一定要去富士山。听说和维多沙山一样美丽，一定要去看看”“虽然说京都和奈良有很多外国人去，但我想去青森。好像是和保加利亚有着类似的环境”……虽然艾玛将离开我一年，令我感觉很寂寞，但是想到她会带着与日本之间牢固的联系回到这里，我又实在是高兴。

然而，神却总是要捉弄人。艾玛作为某个旅游团的陪同人员前往埃尔提米尔的城堡，从石头台阶上摔了下来，导致重伤：头部被撞击，手臂和腿多处骨折，好在保住了性命。但不得不入院三个月，然后花半年左右的时间进行康复疗程，留学机会只能放弃了。

突然间，我取代了艾玛，得到了前往日本的机会，开始办理手续。我原本因为脚伤的缘故已经退缩了，所以此时充满了不安的感觉，但想起能够与泉重逢，便又鼓起了勇气。本以为需要花费很多时间才能批下来的日本暂住资格认定证明书和签证，以令人惊异的速度顺利地办下来了，正好能赶上4月份开学的新学期。我感觉非常高兴，觉得这种状况用日语表达的话就是“有缘分”。

而且这次留学具有重大的意义。作为学院史上第一个留学生，我对于学院来说也是一种良好的刺激，决定接下来每一年都会从莱巴格拉德村挑选一名高中生前来留学。如果这件事能够实现的话，对于村庄来说是非常值得骄傲的。而且接洽工作承包给了艾玛的公司，因此艾玛也可以从中获得奖金。这次的奖金全部用于我的留学生活。因此对于我来说，为了让留学制度能够延续下去，不仅仅要勤于学习，还要积极参加复活节、音乐节等校内活动。

在日本留学的最初阶段，对于初次造访的这个国家，以及只有女学生的这个学校，我充满了困惑。

在这个特别的空间之中，女学生们无比紧张地争夺拉扯着名为主导权的丝线。那些丝线紧绷到令人疼痛的程度，好似无形铁丝一般捆住人的双手，令人受伤。争夺主导权的人，无论是主动还是被动，都难以避免地受到伤害。然而她们在表面上却还装作毫不在意的样子，笑盈盈地互相说着无聊话。

我却渐渐地明白过来这是怎么一回事。这所学院——也就是说圣母女子学院这个特殊的环境，迫使女学生们或多或少地参与到人际对抗中来。谁是领导者，谁持有力量，谁掌握着主导权——女学生们以敏感的嗅觉区分着敌我，观察着对手，一旦有疏忽便下手争夺。我所管窥的日本女子学院便是这样的场所。

教室中有许多看不到的丝线纵横交织。任何人都无法毫不在意地穿越这些线，只能被其紧紧束缚。恐怕能够将这无数的丝线——好似无比复杂的蜘蛛网一般——看清楚的人，在这学校中唯独我这个局外人而已。

而且，力量对比关系，每一天，不，甚至是每过几个小时就会发生极为显著的变化。刚刚还是圈子的中心人物，不知怎么回事过了午饭时间就被众人疏远了，而相反的事情也频繁地发生。

学院居然有如此变化剧烈且残酷的人际关系景象。我心中想，还好自己是个留学生。我站在一旁暗自观察，女学生们之间进行的斗争——用这样的语言表达我不知道是否恰当——就好像把心脏放在布满砂石的地面上滚动一般，火辣辣的、疼痛的感觉。

然而，在这样的氛围中，只有泉是自由自在、随心所欲的，她的存在是凌驾于所有人之上的。学院之中漂亮的女孩多的是。她们都是才貌双全，犹如高级的东洋宝石一般。但是在泉的面前，她们所有人也不过是平凡的石子罢了。泉身上那种仿佛经过了彻底打磨的无尽光辉，连一点儿杂质、瑕疵也没有。

我对于这样的女子学院生活虽然有不少困惑，但因为有了泉的照顾，还是感觉非常开心的。特别是能够加入文学社，结交非常要好的朋友，这对我来说是非常宝贵的体验。

无论我之前通过芥川龙之介和三岛由纪夫等的文学作品进行过多少日语学习，但在刚加入文学社的时候，想要能够顺畅阅读长篇作品的语言能力还是不具备的。所以我每天在做完作业以后都会翻开读书会所定的课题书籍，但能读上十页就算是不错的了。然而，泉并没有特意将我的课题改为短篇，或者降低作品难度。她说："以你的日语能力肯定一下子就能读完的。"毫无关照地将长篇难懂的作品选给我。老实讲，一开始简直恨死泉了。因为我本以为我是留学生嘛，泉一定会手下留情的。不过，随着每天一点点儿地阅读下去，不知从什么时候开始，我的词汇量，还有对于比喻、惯用句等的掌握，都有了很大的提高。

当我在一定程度上具备了长篇阅读能力之后，泉便给我安排了进一步的任务，那就是日语写作。

"很遗憾，保加利亚的文学作品在日本几乎不为人知。"泉如此说道，"所以希望你能进行翻译，将你国家的文学作品介绍给我们。不觉得这就是你今后的使命吗，狄安娜？"

然后，泉很快就安排人从保加利亚寄来了许多本短篇文集。于是，我便开始以浅陋的日语对这些作品进行翻译。"能够读懂日文图书”和“能准确地把日文写出来”，这完全是两码事。主谓宾语法、副词的使用、节气名词，以及某些词汇的隐性含义等等，都让我神经紧张，翻译只能是每天一步步地向前挪动。

到了周末，泉就会来到文学沙龙，从早到晚对我已经翻译的日文进行修正。她坐得离我很近，近到我的脸都可以感觉到她呼出的气息。泉拿着红笔涂画修正，仔细地向我说明错误的所在。但因为她美艳的嘴唇、从衣襟边稍微露出的纤细锁骨就在眼前，使我的心脏乱跳，压根儿就没听进去多少。不过我的日语能力在翻译过了十篇作品之后，确实有了相当大的进步。如今，我的日语虽然不算完美，但写作出五十张纸左右的文章基本没问题，这完全是泉指导、帮助的功劳。

有一天，在社团聚会的时候泉发言道：“我想将高冈同学的《君影草》翻译成保加利亚语如何？嗯，不光是保加利亚语，还有英语、法语，都可以进行翻译，然后寄送给海外的出版社。如果我们社团有成员可以展翅高飞到整个世界，岂非美事？”

这个提案让成员们都兴奋起来，大家纷纷表示赞成——除了一个人，就是高冈志夜本人，这让人大感意外。

“高冈同学，你怎么显得并不开心啊？”

“白石前辈，虽然很高兴你喜欢我的作品，但老实说，这个提案是对作品的亵渎。我是日本人，以骄傲的日语写成这部作品。

如果将其进行翻译，那么就等于给这部作品宣判死刑。”

“我想不会这样的吧！如果我和小百合来为你翻译英文版，一定会请你进行校正的，而法语不正是你所擅长的嘛。一定会将日语原作的深意完整保存，因为是你自己进行翻译的啊。”

“翻译能够保持原作的深意？这是不可能的！前辈你不可能懂得专业作家的心情！”高冈同学突然咆哮起来。

无论是在什么事情上都对泉保持着迎合态度的高冈同学，如此粗暴还是第一次。如果我们社团成员不在身旁，如果那时只有泉和高冈两个人在一起的话……恐怕泉是会被高冈同学暴打一顿的吧？当时的场面就是这么紧张。

结果，这件事不了了之，会议也就此结束了。我吃惊地看着大家好似什么事也没发生过，和往常一样，闲聊着收拾东西，准备回家。

她们难道没注意到吗？高冈同学对泉的态度饱含恶意。也许她们想这只是高冈同学的孩子气、任性妄为而已。还是因为我对泉抱有特殊的感情，想太多了，其实这不过就是件无关紧要的事？

虽然高冈同学强烈反对，但泉并没有放弃翻译《君影草》。这件事瞒着高冈本人，在暗地里悄悄地进行着。

“这部作品应该让全世界都看到！”在翻译会议上泉极力主张道，“虽然高冈同学是反对的，但我想她可能是缺乏自信。所以，我们先翻译出来送往海外，看看那边出版社的反应如何。如果有好的反馈，我想高冈同学一定也会高兴的。”

尽管泉平常也经常批判高冈同学的作品，但那都是出于想让作为作家的高冈更快成长的好心吧。我就喜欢泉这种并不是一味和善、偶尔也很严厉的态度。泉安排给我读日文书籍、翻译保加利亚文学作品等任务，也都是出于锤炼我日文功夫的好心。有时候，一味对别人摆出一副好脸色，才是并非真情。所以，我爽快地接受了将《君影草》翻译成保加利亚语的任务，并一点点儿地开始推进。

很快就来到了复活节与圣灵降临祭的季节。

在我们家乡周边，会制作很大的蛋形图腾放在广场中央作为装饰。村里所有人都会在图腾上描绘颜色与图案，这是每年都有的乐趣。

日本因为并非信仰基督教的国家，所以一般来说是不过复活节的。不过在基督教系的圣母女子学院中，倒是每年都会举行盛大的复活节祭典。我被邀请介绍莱巴格拉德村的庆祝仪式，因此在节日前一个月便与美术社合作开始蛋形图腾的制作准备。

祭典当天，校园中到处都是来参加寻找复活节彩蛋活动的可爱的孩子们。蛋形图腾占据了操场中央，在其周围有十多个身着复活节兔子服装的女生在表演舞蹈。看着粉色的“兔子”们跳舞实在是令人愉快，只不过在这样的季节，还要穿上那样厚重的表演服装忍受酷暑，扮演复活节兔子的同学也真是非常辛苦啊。

感谢　复活　为了我们

感谢　复活　十字架上的　耶稣基督

祝贺　复活　仍然　平安

复活　至今长存

合唱部的女生们一边唱歌一边行进。校园一角还设置了小吃、饮料店铺，其中文学社的蛋糕摊位前面排起了长龙。我虽然觉得日本的复活节也不错，不过还是站在具有家乡特色的蛋形图腾旁边。图腾上面可以随意涂抹颜色，或者写下留言。我一边说着“复活节快乐”，一边将彩色铅笔或油性彩笔交给靠过来的孩子们。

我站得太久了，感觉腿脚酸痛，想休息一会儿，便走向校舍。就在这个时候，我看到泉被一只粉红色兔子拉着走向体育馆后面去了。这时的讲台上正在公布谁搜集了最多的复活节彩蛋，因此谁都没有留意她们两个人离开了现场。

不知怎的，我感觉有点儿不放心，便穿过人群向体育馆走去。走到靠近的地方，便听到高冈同学歇斯底里的喊叫声：

“我知道的，其实你一直把我当傻瓜，对吧？‘这家伙明明没有才能……’你在背地里就是这么笑我的吧？！”

“绝对没有啊。拜托你冷静点儿好不好？”这是泉恳求的声音。

“你从来都是居高临下，我绝对不会再容忍了，我要杀了你……”

我急忙跑过去看，只见头上贴着可爱笑脸的“兔子”正扼着泉的脖子。那个画面对比反差实在是恐怖。泉的眼睛睁大着，身体痛苦得弯曲了。我惊叫起来。“兔子”吃了一惊，放开泉的脖子，慌忙跑开了。

我跑向蹲在地上的泉，抱住她。泉激烈地喘息着。

“泉，不要紧吧？”我拼命抚摸着泉的脊背。终于，她的呼吸调整过来，抬起头来看着我，好似放心下来，慢慢点了点头。

“刚才是怎么回事？那人是谁？”

“没什么事。”

“但是——”

“算了，真的没什么事。总之是场误会，拜托你忘了这件事吧。”

泉再次痛苦地喘息起来。她的脖子上还留着红色的手指印痕。这个时候我才想起，刚才那只兔子身上穿着表演服装，只有手套摘了下来。那人的手指上涂着葱绿色指甲油。

虽然泉让我忘了那件事，但我还是想知道行凶的人是谁。那只兔子想要伤害泉，这是确定无疑的事情，或者干脆就是想要杀死泉……这样明确的意图，毫无疑问。

我在祭典结束后为了收拾蛋形图腾前往执行委员会办公室。在那里我确认了一遍职务表，上面有担当复活节兔子表演的女生名单，其中果然有高冈志夜的名字。

我接着前往文学沙龙。大家围坐在大理石桌前，统计着销售额。正在数零钱的高冈同学的指甲上，如我预料，涂着葱绿色指甲油。我又看了看泉，她为了遮挡住脖子，特意围了一条丝巾。

“泉，干吗围丝巾啊？”高冈一边故意这么问，一边继续数着零钱，摆出一副什么都不知道的样子。多么道貌岸然啊！居然能如此脸不红、心不跳地坐在泉的面前。

“嗯，脖颈稍微有些冷。”泉向我使了个眼色。看来她无论如何是打算包庇高冈同学了。我的胸中无名怒火开始涌上来。这种女人根本没有待在泉身边的资格。然而仅仅因为会写点儿小说，受到泉如此重视，无论说多么自以为是的话、做出冒犯的事，都能得到原谅。而我却必须隐藏自己的感情，只能安安静静地待在泉身边。

“……我绝对不会再容忍了，我要杀了你……”

回想起刚才高冈同学的声音，我倒是非常想把同样的话回敬给她。

“泉，我会保护你的。即使有人想稍微伤害你，我都绝不会允许的。”

我用保加利亚语向泉低语道。话语中饱含的感情让我说到最后，声音竟然有些颤抖了。泉抬起脸，冲我歪了歪脑袋。

“怎么了狄安娜，你在说什么？”

“没什么，只是一句咒语。祝你永远幸福。”

“啊，太谢谢了。”

泉高兴地微笑起来。也许那个深沉的微笑，表明她已经全部预见到之后将会发生什么了。

泉去世就是仅仅几周之后的事情。

失去泉之后的每一天，我感觉呼吸都万分困难。我千里迢迢来到日本，绝不是为了见证泉的死亡的。

为什么是泉？那样美丽、纯洁的人，为什么要遭遇如此不测？

我没有目击到泉死亡的瞬间，我所见到的只有她卧倒在花坛中的姿态，她手中紧握着的铃兰花。我明白猜测的事情不能乱讲。但是，泉是被谋杀的，这很明显，而且是谁杀了她也很明显。

“……我绝对不会再容忍了，我要杀了你……”

在复活节与圣灵降临祭那天听到的这句话，时常回响在我耳边。

高冈同学对泉的憎恨极端强烈。她从零开始，一句话一句话地写出来，构筑起世界观，为每个登场人物注入活力，让他们恋爱、绝望、憎恨，作为作家如此辛苦的工作，那是我们平常人所无法想象的、残酷的工作吧。所以对高冈同学来说，对之加以否定的人，是无法容忍的，甚至是一定要杀死的，我想，这并不奇怪吧。

与其让泉这样被夺走，还不如我带她一起走，我们两个人将头发缠绕在一起从阳台上跳下去就好了。头发缠连，双手相握，将身体交给天空，神肯定会怜悯我们，而将我们化为岩石的吧。那样，我们就能像城堡女孩儿一样，可以永远依偎在一起了。啊，我深爱的泉……

我绝对无法原谅高冈志夜。同时，我也无法原谅自己。对于没有保护好泉的、愚蠢的自己，我将用一生痛苦悔恨。我在这个世上第一个爱上的人，却没有保护好她。她就在我的身边香消玉殒，而我却只能看着，无能为力。

会长 澄川小百合：

狄安娜同学，谢谢。

你是我们文学社中唯一的留学生，计划只在本学院留学一年时间，可能某天就会离开日本。因此，我非常期待你能够以最为客观的视角审视本次的事件。

而你也确实达到了我的预期。存在于这个学院中女学生们之间的紧张感，居然已经达到了如此程度，而我却没有感觉到。你用“火辣辣”这个词来形容，虽然你也说了对于使用这样的形容词是否准确并没有把握，但我觉得真是没有比这个更为恰当的形容了。并不是单纯的“痛苦”，而是心脏的摩擦、渐渐被削去血肉的感觉。你在这短短几个月时间就成为日语达人了呢。

就在这段时间内发生的事件，你所表达的见解非常值得参考。然后，这又是与先前朗读小说的观点完全不同的意见。到底真相是怎样的呢……

你的朗读听着非常舒服。虽然是用力很重的日语，但听着很性感，深沉的声音果然很棒。你所朗读的家乡景色——雄壮耸立的山脉、刻画着历史的建筑物与遗迹、玫瑰谷、丰饶的海洋——这些都非常鲜明地浮现在我眼前。

真是令人回味无穷的朗读。狄安娜同学，真是太感谢了，请大家热烈鼓掌。

大家吃得如何了？再加些食材吧。要多加饮料的请不要客气。

嗯，发生什么事了？

有手表？看来今年也有人带来了呢！那么谁是那个幸运儿呢……啊，是小南同学，令人羡慕啊。不过，是不是和去年一样也是高级手表呢？或者只是只便宜货？例会结束、亮起吊灯之前，都是无法解开的谜呢。是成为大家羡慕的对象呢，还是成为哄笑的对象呢？这也是黑暗火锅的乐趣之一吧。请大家尽管发挥想象力好了。

在我们补汤和食材的时候，请下一位朗读者做好准备吧。嗯，下一位是园子吧？那么请移步到朗读角。

拉米亚之宴

朗读者：三年级B班 古贺园子

When：7月×日的放学后

Where：圣母女子高等学院　花坛

Who：三年级B班　白石泉

What：全身染血　倒地死亡

Why：不明

How：从阳台跌落

关于白石泉事件，将其基本要素写出来就是以上这样。我通常对于任何事件都会以"5W1H"[①]的分析方法进行整理。这是作为医师的父亲教给我的方法，根据状况还可以加入 Whom 成为

① 5W1H：对某一工作进行科学分析的方法。在调查研究的基础上，就其工作内容（What）、责任者（Who）、工作岗位（Where）、工作时间（When）、怎样操作（How）以及为何这样做（Why）进行描述，并按此描述进行操作，以达到完成任务的目标。分析过程可以简单明了地用前往目标的主干和5W1H的分支进行描绘，针对每一分支又可进行深入的分析。这样的"干"状分析图一般被称为"鱼骨图"。

"6W1H"，或者再加入 How much 成为"6W2H"。

在本次事件中，这个 Why 是不明确的。根据现场情况，对于泉的死亡真相有着各种各样的揣测四处流传——是意外，是自杀，还是他杀?

以下，我将陈述关于此次事件的本人意见。也许这将是重要的意见——实际上，我知道泉走向死亡的来龙去脉。

在陈述泉的死亡之前，我首先需说明的是自己和她之间的关系。

我和白石泉是同级生，是理科班的同班同学。她和我都有成为医师的梦想。我们互相鼓励、努力学习以考取一流大学的医学系，有时也进行竞争——白石泉正是所谓的好对手。

我立志成为医师的契机，是因为两年前去世的父亲。

我的父亲是一位优秀的医师，过去曾经在大学附属医院工作。后来，因为社区需要能够贴近百姓生活、治疗日常疾病的家庭医生，所以父亲才开设了私人诊所。诊所中的医疗器械当然不是最高端的，但父亲每月依然坚持阅读学术杂志、参加医学会议或学习会，掌握最新的知识与技术，就这样不断努力。他耐心地倾听患者的诉说——因为最知道病状的往往是患者本人——探究患病原因，积极寻找治疗方法。他"向患者学习"的态度是绝不会改变的。

父亲的葬礼有非常多的人前来参加。从诊所开设以来便经常前来的老爷爷，从幼儿园时就来看病、如今已带着自己上幼儿园的儿子来看病的母亲，祖孙三代都曾受到父亲照顾的家庭——我望着在遗属座位前等着上香的长长队列，突然对父亲曾经照顾、治愈过这么多人感到万分吃惊。“古贺医生，太感谢了！”听到队列中不时传来带有哭泣的感谢声，我感到非常骄傲。

“我一定要成为父亲那样的医师，让因为父亲去世而关闭的诊所在我的手上重新开张。”我暗暗在心中立下誓言。

父亲去世后，留给我们的是填满整个书架的百科全书、过期的美国医学杂志，还有古老的听诊器。这些实在是太有父亲的风格了，我想着不禁流泪。

自那以后，我花费了更多的时间学习。感觉很疲倦的时候，就去医院走一圈。随便坐上巴士或电车，只要看到有医院就下去参观。看到受病痛折磨的病人、诚心问诊救助的医疗工作者，以及带着笑容走出医院的患者，看着他们，我便重新鼓起干劲儿。我鼓励自己的方法就是去参观医院，这听起来也许有些奇怪，不过读理工科的女子大概本身就是奇怪的吧。

而在这一点上，白石泉却是很善于把握平衡的。她能够完美地主持文学社，我本以为那就是她属于文科的最好证明。所以当我在高年级部二年级看到她和我一样读理工科时，实在是大吃一惊。我在数学和化学方面有不输给任何人的自信，但是对于古文、汉文[①]和英语却非常头痛。然而白石泉却在每个科目上都是无敌的存在。真是个讨厌的家伙，我想她的左脑和右脑是不是同时非常发达呀[②]。

当然，除了泉，学院还有其他很多优秀的学生。但是对我来说，竞争对手就只有泉。为了不输给她，我把一天的大部分时间都用于学习了。但那样确实感觉太过无聊了，所以当白石泉来邀请我加入文学社的时候，我很爽快就答应了。

在文学社中有同级的澄川小百合，她对于我的入会非常高兴。当时其他成员还有一年级的高冈志夜——作为高中小说家，其作品正在大卖，然而我读上一页就会头痛，所以并没有读下去。她那样的文体是现在流行的吗？老实说，我没法理解。但对她本人，我当然说自己已经读完了——还有小南茜。

最初，参加读书会对我来说实在是痛苦得不行。只是读书的话还好说，还要思考“主题是什么”“有怎样的感觉”“对于现代

① 这里的“古文”是指日本古代文章；“汉文”指翻译成日文的中文作品，包括古代和现代的。

② 根据美国心理生物学家斯佩里博士左右脑分工理论，人的左脑主要负责逻辑思维，右脑主要负责形象思维，左脑发达善于理科学习，右脑发达善于文科学习。当然这种理论不能一概而论。

社会有何意义”等等之类的问题，而且必须在大家面前陈述意见，我可实在做不来。

“只说一句很有趣的是不行的哦，园子。”我的陈述经常简单到让泉呆住。

“可是我真没有什么别的感想了。”当我这样回答的时候，泉就会说：“这是不可能的。任何一个故事都有其主题，并且可以向我们提出问题。”这话真是毫无反驳的余地。

我开玩笑地以“那么桃太郎的故事如何”询问，她就会做出诸如“这个故事是对现代高龄化社会走向高龄生子及少子化的暗示”，或者“表达消灭鬼怪这种暴力解决问题的方式的缺陷”之类的回答，令我吃惊不小。

总之，在读书会上我也尽量选择较容易的课题图书，泉同意了。于是，我选择罗宾·科克①或迈克尔·克莱顿②的医疗系文学作品。这些关于器官移植、罕见细菌的作品，我就算是熬夜阅读到天亮都兴趣盎然。但是对于这些，高冈同学和小南同学就很不

---

① 罗宾·科克（Robin Cook）：美国著名畅销书作家，同时也是一位有成就的医学博士。他的小说如《入侵》《紧急传染》等主要涉及生物犯罪等内容。

② 迈克尔·克莱顿（Michael Crichton）：美国著名畅销书作家和影视导演、制片人。1969年获得哈佛大学医学博士学位，毕业前已开始进行文学创作。克莱顿声望达到最高是在20世纪90年代，作品《侏罗纪公园》被好莱坞导演斯蒂芬·斯皮尔伯格搬上银幕。

喜欢，特别是小南同学愤慨道：“读这样的东西，连读书会之后的午茶时间都被浪费的感觉！”

不过人类到底是善于学习的生物。就算是如此提不起兴趣来的课题图书，读过很多本、听了许多大家的感想与分析之后，渐渐有明白过来的感觉：“原来如此，这样读便好了。”结果，我只要试着在长长的一本书内提炼出“5W1H”或者“6W1H”“6W2H”，对比检讨现代的情况与潮流就行了。只要抓住了这个诀窍，读书会就显得不那么痛苦了。

例如司汤达的《红与黑》。

When：19世纪王朝复辟的时代[①]

Where：法国

Who：贫苦出身的于连

What：23岁时被处以死刑

Why：因认为自己遭到过去偷情对象的背叛，试图将其射杀

How：抱有野心的主人公，试图攫取权力与爱情，因失败而

---

① 作者在此处使用的词是“王政复古”，日本史上指幕末明治交替时期，倒幕派号召推翻幕府统治、依据古法将权力交还天皇为首的朝廷。《红与黑》的故事发生在19世纪20年代，拿破仑的法兰西第一帝国灭亡后波旁王朝复辟再次统治法国，但人民无法忍受其反攻倒算和黑暗统治，于小说《红与黑》发表的1930年发动“七月革命”将其推翻。因此这个时代更应该被称为“王朝复辟”。

落难。

被权力与财富蒙蔽双眼的人类本性，现今也没有任何改变。然而，于连追求纯粹的爱情，并因此毫无惧色地接受死刑，他高贵的精神却是现代日本人已经失去的。

另外，还有弗·司各特·菲茨杰拉德的《了不起的盖茨比》。

When：1920年，第一次世界大战后

Where：纽约郊外长岛

Who：充满谜团的大富翁詹姆斯·盖茨比

What：身着湿衣、被枪杀

Why：为了将过去的恋人从其现在丈夫的手上夺回

How：战争期间恋人与大富翁结婚。盖茨比被夺回恋人的执念纠缠，一心一意追求与其身份不符的财富与成功。

人总是渴求无法得到的东西。无论是爱情、权力还是社会地位。但一味追求这些东西令人变得愚蠢、可憎。而我们还在憧憬如盖茨比那样纯粹而华丽的男人，因为我们知道像他那样的人并不真实存在，只是幻影。

我开始积极地在读书会上发言。泉对此很高兴。有一天，泉对我说："你的着眼点很有趣啊。到底你是如何读得如此深入的呢？”于是我便将写着“5W1H”的枯燥无味笔记给她看。泉看完扑哧一声笑了，说：“果然是园子的风格，你肯定是相对感性来说更适合用理性阅读呢！”接着又哈哈大笑起来。

就这样，虽然我并不是对于文学有多么正确的理解，但还是感觉加入文学社是正确的选择。首先，提高阅读能力是没有什么坏处的；其次，能随时吃到小南同学手制的绝品甜点；最后，还有独特的黑暗火锅朗读会。

原本这个文学社因为多年无法招募到成员，已经处于荒废解体的状态，随着白石泉升入高年级部而得以复活。那时，作为顾问的北条老师将以往传下来的《文学社社团章程》交接给了泉。在章程中便有读书会的心得与讨论会的推进方法，还有以下关于黑暗火锅会的规定：

· 必须熄灭一切灯光，在黑暗中进行
· 主持者即所谓“锅奉行”必须由会长担当
· 不得泄露个人各自所携带材料的内容
· 材料不一定是食材，但必须完全清洁
· 由会长负责制作并提供用于改换口味的美味点心
· 朗读小说者必须移步至另行设置的朗读角进行朗读
· 在黑暗中边听朗读边吃火锅

对于那个想出进行如此朗读会主意的“好事之徒”我简直是没话可说，不过亲自参加之后便觉得非常有趣。将筷子所夹起来的东西胆战心惊地往嘴里送，接触到嘴唇时的感触似乎是个恶心的东西，但体验到与想象所不同的味道，一下子又全身舒坦了。在那种状况下，似乎听不进什么朗读小说，但令人意外的是相比在明亮环境中自己进行阅读还更加容易让故事进入脑海。好似就在眼前有画卷展开那样，故事情节都能够浮现出来。黑暗使得大脑活跃无比，因此鲜明地将故事视觉化了。

恶作剧的心理也开始蠢动。虽然规矩不能明说，但其实去年我把草莓大福和澳洲坚果以及香奈儿的手表都带来了。草莓大福融化在汤汁中，肉、鱼、蔬菜统统都被煮成了甜味，变成了一锅难吃得至今想来都不寒而栗的东西。在全体成员一边悲惨喊叫一边吃的过程中，只有我一个人在偷笑。咬上坚果的感觉让某人叫喊起来“有石头放进去了”，又是一通骚动。选择香奈儿的手表，就是想选一个谁都想不到的东西放入火锅，让大家吃惊一下。泉夹到了那只手表真是太让人高兴了，大家都很羡慕，虽然我很想自傲地表达一下“是我拿来的东西哦”，不过还是因为保密的规则而放弃了。真是很可惜，其实至今还是有点儿后悔呢。

文学社的活动不只是读书会和黑暗火锅，还有复活节与圣灵降临祭的跳蚤市场，开店也是规模很大的工作。但是今年的复活节与圣灵降临祭因为我担任执行委员长，因此没能参与多少文学社的开店活动。

去年担当过执行委员，看到忙到四脚朝天的委员长时还在想“真是好辛苦啊”，便出手帮忙，而今年自己就成了委员长。

执行委员长的工作包括与美术社交涉海报的设计、制作，向学校周边发送宣传单，与合唱社团商谈音乐的选择，购买寻找复活节彩蛋活动所需的鸡蛋等等，太忙了。传单上还必须要写上复活节的由来与意义，并且要让并不熟悉基督教的大人或孩子们也能够容易理解。最终，我所想出的文案就是如下这样的：

复活节，是庆祝耶稣基督死而复生设立的节日。将复活节推后 50 天，即 50 天后，结合举行圣灵降临祭，意在庆祝圣灵降临世间。这是本校最为盛大的庆典活动，每月 6 月举行。将象征生命的蛋涂上颜色，隐藏在校园中，让孩子们寻找出来，即寻找复活节彩蛋活动。此外，还有跳蚤市场和咖啡店。欢迎大家光临！同时，校园内还设有募捐箱，所得捐款将献给红十字会及养老院等需要资金的地方。耶稣基督至今仍在世间，因为基督的生命无穷尽。

其他工作还包括向董事会成员发送邮件请求资金与其他援助、租借在校园中搭建舞台的设备，都是些让人忙到断骨头的事。但我之所以仍愿意接受这项任务，最重要的理由就是想向作为学院经营者的白石董事长报恩。

白石董事长是泉的父亲。他不仅在本学院，还在综合医院及商业设施等各行业展开经营活动。一般来说，对于学生而言，学院经营者是很难亲眼见到的存在，但是白石董事长不一样。他频繁地来到学院与学生们交流，每学期都会亲自确认所有学生的成绩表。然后，他会让成绩不佳者去接受特别补习，或者为确认教师的教学有无问题而亲自观摩授课。

秉持着“学校经营是终极服务业”观点的白石董事长，相信提高学生的学习能力与自信意识是他的绝对义务。

而且，他还积极参加学校活动。在这些活动中白石董事长最着力的便是复活节与圣灵降临祭，宣称“这是为了将基督的爱与精神传达给周边居民，同时也是最好的回报社区的机会”。因此，他总是亲自参与活动策划的每一个细节。

实际上，我个人也受到过白石董事长的关照。我很早便想参观人体解剖。父亲的小诊所里面是不会进行手术或者解剖的，但是既然立志成为医师，我就很想亲眼看一次。因此，去年我还是执行委员的时候，作为联络员有很多机会与白石董事长接触，便趁此机会向他请求是否可给予参观的机会。虽然我做好了被董事长责骂小孩子瞎胡闹的准备，但他完全没有那样做，而是很爽快地回答说："可以，我给外科主任说一下，你随时给我们医院打电话好了。"于是，之后的第二周，我便与解剖学教授和实习生们一同站在手术台前参观了。当然，我是不能拿起手术刀的，只是站在一边看着，但能亲眼看着并非图像、照片的人类器官就在眼前，实在是受益匪浅。脑、心脏、肺、肾脏、血管等等，一个个被取出来，切成薄片……虽然有些担心自己会恶心，或者心理遭受冲击，不过意外的是我心里很平静。也许是因为死亡并没有与眼前这具躯壳紧密联系在一起吧。在眼前被切割的人体组织，也并非恐怖异常之物，而只是为了医学发展所获取的宝贵资料。

解剖结束的时候，我确信了一点，灵魂什么的，在身体中并不存在。

脑细胞的每一个角落，心脏的每一个腔室，从头顶到脚趾，我都用眼睛看了一遍，在其中并没有灵魂居住的空间。喜悦、悲伤、愤怒、妒忌，都是在大脑这个小小的器官中生成的，主要由扁桃核[①]、大脑边缘皮层、大脑新皮质掌管感情。并不是因为有灵魂，人才能生存，而是通过吸入氧气，身体分泌生理活性物质，

① 扁桃核：大脑核群之一，位于侧脑室下角前端，因形似扁桃而得名。

血液循环，新陈代谢，人才得以生存。生存这件事仅仅是生理上的，我通过解剖明确了解了这一点。

尽管我是有宗教背景的学院的学生，但我并非基督徒。我不相信神灵这种非科学性的存在，也看不出圣灵和永恒的生命有什么意义。我只相信自己亲眼所见的东西。但是，如果说人类终究是要依靠神性和灵魂存在的话——特别是那些被疾病侵犯的病人如此希望的话——那么我在成为医师的那一刻起，一定会为了保证患者心理的稳定，努力诚心地寻求其理解，通过尊重构筑起关系。

经过参观解剖，我的思想发生了很大变化。生存是什么，死亡是什么，神是什么，而作为医师应该做什么——深入思考这些事情，重新下定决心，以真心诚意向着成为医师的目标迈进。

因此，今年的复活节与圣灵降临祭，我申请成为执行委员长，就是为了略尽绵薄之力，向去年给予我宝贵参观机会的白石董事长表达感谢。

复活节与圣灵降临祭的准备工作新年伊始便开始推进了。

一般复活节主祭日仪式是在 4 月，那时举行活动的教会或者教会学校很多，但我们学院为了避免造成新学期陷入慌张，便将其推后至 6 月中旬，与圣灵降临祭一同庆祝。

去年，我作为联络员只不过是前往过白石家几次，而今年成为执行委员长，就要经常访问白石家了。询问海报绘制的意见，提交店铺最终名单，或者预算报告书等等，每周总有几次要与白石董事长见面。

因为知道董事长的日常工作那么繁忙、时间宝贵，仅有的少许闲暇时间也没有用来休息或娱乐，而是为了学生的事奔忙。所以我也将学习以外的时间全部花费在组织学院活动上，下决心无论如何也要让复活节与圣灵降临祭取得圆满成功。因此，我越发热衷于与白石董事长交换意见，经常是不知不觉就已经在他的书房里交谈了三个小时。

准备与商议主要在放学后进行，文学社的活动便几乎不再出席了。文学社的成员们那段时间也应该是在为复活节与圣灵降临祭活动的准备而每天都举行会议。去年烤制并卖出了两百个蛋糕，今年因为我无法去帮忙了，材料和器具的准备以及预算管理方面应该是比去年更难推进了吧。大概正因如此，我每次去访问白石家都没有碰到泉。我猜泉也是忙得不可开交吧。因为泉与白石董事长相似，也是个热血的完美主义者。

“兔子舞蹈怎样，兔子？”有一天，白石董事长两眼放光，提出了这个提案。

“兔子吗？”

“复活节兔子嘛。让学生们穿着玩偶服装，一边跳舞一边行进，简直就像童话王国一样，光是想一想就很快乐，不是吗？”

确实，在这个看似不像是存在于日本、拥有欧洲中世纪风格校舍的学院中，如果有复活节兔子跳舞的话，看上去肯定如同童话一般。听到董事长说出这么可爱的点子，实在想象不到他是个积极实施收购合并以扩大事业、贯彻冷酷的合理主义、令许多人感到害怕的人物。我强忍住才没有笑出声来，好不容易才能冷静地表示“这真是个好主意”。白石董事长确实提出了很多方案，与他对话非常有趣。

于是，我便立即借用书房中的电脑，搜索可以提供玩偶服装出租的公司。

我得以接触白石董事长的电脑也是有原因的。去年我带着进度报告去访问白石董事长的时候，他正在与秘书通话。当时他写好了一份需要紧急发送的指示书，但是电脑自动关机之后无法启动了。我从小学开始便喜欢自己组装电脑来玩儿，所以对于电脑还是挺熟悉的。看到白石董事长不高兴地催促着“赶快来修理”，然后挂了电话，我便自告奋勇，想着就算修理不成功，至少也要把数据给抢救出来。

我的预测很正确。当修理者带着代替的电脑赶来的时候，我已经通过安全模式、使用闪存盘将需要的数据抢救保存好。代替的电脑一抵达，没有浪费任何时间，文件就被发送出去了。董事长大为感激，说都是我的功劳，让我都不好意思起来。自那以来，我便获得了白石董事长的信任。

不仅是电脑相关的事，我对于任何事情都有顺利做下去的自信。

平时非常忙碌的白石董事长在我们商谈的过程中随时都会接到工作上的电话，我只能尽量利用空隙的时间将各种各样的准备工作完成。那天，就在董事长挂电话的时候我正好结束与物品出租公司的价格交涉，下单租赁了十套粉色的兔子玩偶装。

“古贺君可真是厉害。怎么样，毕业以后到我的公司来就职吧，成为我的左膀右臂如何？”

能得到白石董事长如此表扬，我非常高兴。如果父亲还活着，那我一定会接受这份邀请的。如果我有这样一位父亲的话……我一边心里羡慕着泉，一边脱口而出：“荣幸之至。”

“真的说定哦。你肯定比我现在的秘书优秀。我是不喜欢让别人碰自己东西的，所以我的秘书甚至都没进过这间书房。能够进来碰我电脑的人，你还是第一个哦。”白石董事长眯眼笑着说，“然而你的愿望是成为医师吧？成为医师后一定要来我的医院哦。”

“是，非常感谢您。”

“那么这个，一点儿订金……哈哈，开玩笑的。”白石董事长拉开书桌抽屉，拿出一个用包装纸包着的盒子：“这是上周去巴黎出差带回来的礼物。”

“啊，这多不好意思啊。”

“不用客气嘛。这是为了感谢你接受执行委员长的职务。”

“真的可以吗？”

“接受吧，打开来看看。”

我解开丝绸缎带，拿出香水盒子。这是我最喜欢的娇兰牌香水，而且是每年春天发售的限量版。

“太高兴了！这个品牌我也每年都买的呢。”

“那太好了。但是这事请不要告诉泉，因为实际上我就买了一盒。”白石董事长挠挠头说。

“非常感谢您。”

我已经不能再从去世的父亲那里得到礼物了。白石董事长一定是理解这一点，所以才会在不经意间将父亲的角色接过来。

“我会非常珍惜地使用它的……”

我当时差点儿就把“爸爸”两个字吐出嘴来，急忙又吞了回去。

学校上课、考试、复活节与圣灵降临祭活动准备、文学社、课余学习……我到底还是感到精疲力竭，情绪变得低落起来。在家里读参考书时根本看不进去。

“啊，这样可不行！”我把学习工具都扔到一边，打算去医院转转。星期六的上午，虽然人一定很多，但没办法。我立刻跳上电车，去访问位于郊区的综合医院。

果然，整个医院挤满了人，大厅、综合挂号处、急救出入口、食堂、吸烟室、小超市、内科、放射科……我一个个地看过去。为了缓解病人身患疾病的痛苦、情绪的紧张，医生和护士们正在拼命努力。是的，为了眼前这些人，我也必须更加努力，总有一天我也能救死扶伤。

心情转换完成，我又重新拥有了干劲儿。就在我走回医院大厅时，我看到了在这里难得一见的人——白石泉。

她的美丽即使是在拥挤的医院里面依然耀眼夺目。难道她也是来转换心情的吗？但是她父亲拥有豪华的医院，她应该用不着特地跑到郊外来。难道她也是来这里学习的？

“泉——”

我正打算打招呼，但还没有叫出声。我看到她的表情很空洞，没有一点儿生气。她的皮肤病态一般发白，眼瞳之中毫无光彩。泉好似梦游病人一般，摇摇晃晃地在大厅里面走着。

过了周末去学校，泉的样子与平常完全不一样。

那样快乐积极、活泼开朗的她，现在几乎没有笑容，沉默寡言。

“泉？”我在课间休息的时候上前跟她打招呼。

“嗯？”她的神情无精打采的。

“你，没什么事吧？”

“园子，你可真怪。”泉浅浅一笑，显出无力的样子。以成为医师为目标的泉，自己却变成了病人。我本想问问她周六医院的事情，但想了想还是没问。

即使是在文学沙龙里，泉也只是困倦地躺在沙发里。平常总是看书的她，此时却只是闭着眼睛，听着肖邦的乐曲。

“泉，不舒服吗？”留学生狄安娜担心地问道。

“嗯，有一点儿，昏昏沉沉的。”

“太累了吧？我用玫瑰精油给你做按摩吧。来，换上睡袍。”

狄安娜让泉换上丝质睡袍，伏卧下来，用香气浓郁的保加利亚玫瑰精油涂抹她的四肢与后背，然后开始按摩。

“感觉怎样？”

“非常舒服。”

很快，泉就开始打盹了。也许她只是睡眠不足吧。而且理工科每天的作业都很多，泉作为学院董事长的女儿一定压力非常大。

但是，我总有种感觉，事情并不简单。

我望着勤快又温柔的，继续为泉做着按摩的狄安娜，思考着。我回想起来，泉是从今年春季开始渐渐产生变化的。

春季——就是留学生狄安娜·德切娃前来留学的那个时候。

本学期开学的全校集会上，狄安娜由校长介绍登台做自我介绍时，讲堂中弥漫着奇妙的氛围。狄安娜拥有透明质感的雪白的肌肤和漆黑的长发，大而黝黑的眼瞳犹如她祖国所在的黑海一般深邃，还有直挺的鼻梁与完美的嘴唇。

狄安娜非常美丽。她全身上下洋溢着的美，与金发碧眼的西欧人或者黑发黑眼的亚洲人都不同，而是一种充满了神秘气息的斯拉夫人种的美。[①] 制服也意外地与她很相称。我还以为不会再看到有人如白石泉那般美丽，但狄安娜那种独特的美，实在是达到了与泉一样的高度。

学生们之间议论纷纷的，并非只是感叹狄安娜的美，而是她像极了在新教堂里装饰绘画上的一位女性。那副绘画的标题是

---

① 保加利亚人具有一部分的斯拉夫系血统，但他们认为其祖先主要是来自伏尔加河流域的游牧突厥系。斯拉夫民族古代产生于东欧平原，向东迁徙成为俄罗斯民族的主体，向南迁徙的就成为南斯拉夫人，广泛分布于巴尔干半岛，这与20世纪存在的“南斯拉夫国”概念需要区分。

“耶稣基督与畏惧基督的恶魔及其仆从”。恶魔的仆从是女性的姿态，而且她与狄安娜惊人地相似。

“我的名字是狄安娜·德切娃，来自保加利亚的莱巴格拉德村，请多关照。”

留学生狄安娜使用令人诧异的流利日语做着自我介绍，完毕后拎起裙角，一只脚踮在另一只脚后面，弯腰半鞠了个躬。这个动作并不十分优雅，好似山村姑娘跳的狐步舞，倒也特别可爱。是不是就因为这样，全体学生对于狄安娜的黑暗印象一下子就消失了，痛快地鼓掌欢迎起来。但即便是那片掌声，也不能抹去我对她身上有某种黑暗存在的感觉。

这不像我的风格，我明白。但是我就是忍不住要将狄安娜与绘画上女性的形象重叠起来，为此心中不安。当我看到她从台上下来时，一条腿拖着地，这种不安就更深了。以前那幅绘画装饰在别的修道院中时曾遭遇火灾，那个恶魔的女仆从有一条腿的部分被烧坏了。

从到学院的第一天开始，狄安娜就和泉相处得十分融洽。

我去打听了一下，原来泉曾在短期留学时住宿在狄安娜家里。如果她能得到泉的喜欢，那一定是个好女孩儿。我感觉放心了些。

实际与狄安娜谈话之后，我对她的好感又增加了，并耻于自己曾毫无根据地抱有对她的坏印象。她的日语水平很厉害，对于日本文化的有关知识也有相当程度的了解。听说，其实原本是她的双胞胎姐姐要来留学的，但是不知怎的，最后变成了狄安娜前来享受如此充实的留学生活了。

她的故乡被称为“花之村”，据说满村都是盛开的鲜花。

“所以说我最喜欢花了。”狄安娜一边这么说着，一边在校内用花朵到处进行装饰。除了教室，走廊的窗户、办公室、阳光房、更衣室、校门……走到哪里都可以看到可爱的花朵，散发着沁人的香气。熟悉这样的情景之后，便觉得以前在那样肃穆的环境中过学习生活实在是太浪费了。

而且，她还宣称：“作为对学院招收我做留学生的感谢和纪念，我要将故乡的花留在这里……”并很快开始在新馆校舍的花坛里栽种花苗。她说是“故乡的花”我们想当然觉得是玫瑰，但却不是。

“是啊，说起保加利亚，大家的确立刻就会联想到玫瑰花，但是在我们村里面，铃兰花才是最有名的。从初夏开始，整个村子就会被白色的铃兰花包围，非常漂亮呢。”

“那花苗是专门从你家乡寄过来的吗？”泉问道。

“是的，虽然让家里寄过来花费了不少时间，但总算赶上了种植时期。”

狄安娜种植了许多花苗，整齐地堆好土。

“什么时候开花呢？”

“5 月份吧。这是能够应对此地高温的品种。正好花坛是位于校舍阴凉处的，也许能撑过夏天。”

“嗯，很期待呢。”小百合以陶醉的神情说道。

接受泉的邀请，狄安娜也加入了文学社。

我本以为她到底是没有办法阅读日语小说的，所以当看到她在读书会上一口气读完《假面的告白》[①]，而且还毫无障碍地表达了读后感时，我非常惊讶。虽然她本人一直谦虚地说“只会一点点儿日语”，但只经过一两年的学习，真的可以达到如此水准的吗？

狄安娜与高冈也是相识的，经常在沙龙里谈起关于保加利亚的回忆。高冈在短期留学期间也应该是很快乐的吧？她用颇为骄傲的照相机拍摄的照片，一边展示给我们看，一边讲述围绕那些观光地的历史与传说。

朴素又带着可爱表情的野生狐狸、兔子，顶端覆盖着白雪的山脉，绿色丰饶的湖畔——高冈的每一张照片都充满着生命力。眺望着这些照片中的景色便令人心情畅快了。在这些色彩鲜艳的照片中，突然露出一张被完全涂成黑色的照片。

---

① 《假面的告白》：日本作家三岛由纪夫的长篇小说。

我被吓了一跳，有一种好似讣告明信片般的不祥感觉。

“这张照片是怎么回事？”小百合淘气地将它拿了起来。

“啊，这个……”高冈刚开口，狄安娜马上接着说道：“这个拍摄的是‘拉米亚之宴’。”

我仔细看了一看，其实照片并不是被涂抹黑了，只是因为拍摄的地方非常昏暗，所以造成了错觉。

“借我看看。”小南同学从小百合手里接过照片看了看，“哦，她们都穿着黑色的衣服呢。”

照片传到我的手里，我看到照片中泉的两侧站着两个人，一个是狄安娜，另一个是与狄安娜长得很相似的女生——大概就是她的双胞胎姐姐吧。三个人都穿着黑色羽毛编织的服装，垂下头发，涂着血红色的唇膏。

小百合问：“‘拉米亚’是什么？”

“就是魔女，吸血魔女。在保加利亚有很多吸血鬼的传说哦。”泉回答道，“‘拉米亚之宴’就是相关祭典。就类似于美国的万圣节吧。”

看到照片的时候，我全身的汗毛都倒竖了起来。向着镜头微笑的狄安娜，那双眼睛里映射着火苗的光亮，渗透着一股恐怖的气息。她的双胞胎姐姐明明和她很形似，但看上去是与她完全不同的温和气息。狄安娜给我的这种妖媚的、令人不适的感觉到底是什么？对，就好像是非人之物一般。

我猛地抬起头来，正与狄安娜的眼神相交。她的眼神与平常很不一样，如鹰一般锐利。犹如被看穿了本来面目的魔物，正在恐吓对面的观察者。这是攻击，乃至捕食者的眼神。

我们两个都没有移开视线，互相瞪视了好一会儿。

有言在先，我不相信任何非科学的东西。因此接下来将要记录的文字，是否真的应该写，我是颇为纠结的。即使我是用自己的双眼目击的，但仍然感觉难以置信。那是否是真实的呢？那个时候我是不是在做梦？不，我自身完全明白，那并不是什么梦幻，我所经历的就是现实。

因此，必须要记录下来，我所体验到的那件不可思议的事。

狄安娜在任何时候都会随身携带一个用布包裹的东西，非常小心。那是什么东西，她对谁都没有讲明过，只是经常抱在胸口，连上课时也不放手。曾有人问过她那里面是什么，她只是微笑着并不回答。旁边有人猜是“故乡带来的护身符”，于是大家都觉得是那样的，便没有人再关心那东西了。

我得知那里面是什么，出于一次偶然的机会。

那次我通宵学习，回过神儿来时已经是早上了。如果再去睡觉的话绝对是要迟到的，于是我便干脆坐了第一班车来到学校，打算在早课之前先去保健室里睡一会儿。校工帮我打开了校门，当我走到校园中间时，突然发现树荫下面有一个黑色人影。

难道这个时间还有别人？

我在晨雾中慢慢走近那个人影。那个影子慢慢地、一瘸一拐地——拖着一条腿在走。原来如此，狄安娜本来就借宿在修道院里，所以她这个时间出现在这儿也没什么奇怪。于是，我返身打算离开，去保健室。就在这时，我看到狄安娜打开了那个包布，从中取出了一样东西——是一个人偶。

她从不离身、一直携带的东西原来是一个人偶，这让我立刻产生了兴趣，便蹑手蹑脚地转移到可以暗中观察的地方。

狄安娜将那个人偶压在树干上，拿出刀来，开始往人偶的胸上猛扎。

她的举动令我大为吃惊。为了能看得更清楚些，我伸长了脖子——紧张得口干舌燥。

那个人偶竟然与白石泉一模一样！

狄安娜开始对着在树干上受刀刑的人偶嘀嘀咕咕，似乎是其母语。黑暗、可怖的声调让空气颤动，同一个单词在不断地重复，尖锐的词尾音。虽然我完全不知道她嘀咕的内容和含义，但还是犹如扎心一般，感觉非常不舒服。狄安娜诵读那些带有咒语腔调的语句时，我潜伏屏息，一动不动。也不知道过了多长时间，狄安娜终于露出了满足的微笑，从人偶的胸中慢慢拔出刀来，然后再一次将人偶用布包裹好，抱在胸前，拖着腿慢慢地走回修道院去了。

狄安娜离去之后，我有好一会儿仍然无法动弹。刚才目击到的情况到底是为什么，根本没法理解。

这件事过去数小时之后，一脸苍白的白石泉在早课上迟到了。

“你会迟到很少见啊，有什么事吗？”我问泉道。

“不知怎么，身体突然很不舒服，”泉回答说，“从今天早上开始，一直感觉胸闷……”

“啊？”一瞬间，我甚至怀疑自己的耳朵。

“家里人已经第一时间把我送到父亲的医院里去诊断了，但并没发现什么，所以才来晚了。”

我的脑海中浮现出狄安娜扎入人偶胸前的那把尖刀。我回头看了看狄安娜，她正抚摸着包裹人偶的布，脸上浮现出谜之微笑。

她嘴里好像正在嘀咕着什么——那个尖锐的词尾音，是一样的！

我再次与狄安娜的眼神相交。与泉相比，她显得那么富有生气，透着一股令人毛骨悚然的美。

大概就是从那时候开始，泉的身体便每况愈下了。

虽然我对于占卜啊、诅咒啊之类的事情嗤之以鼻，但还是无法忘记狄安娜的人偶。我调查了一下，据说在黑魔法中经常会使用所谓的“布多人偶”。以憎恨的人为目标伤害人偶，同样的伤害就会在那个人身上发生。而那个人偶与目标人物越相似，效果就越好。

狄安娜明明与泉的关系非常好，为什么还要做这样的事？我思来想去，最终想到了一个理由：

因为泉曾向校长和作为董事长的父亲建议，从莱巴格拉德村招入留学生以这次为最后一次。

这次狄安娜来到本学院，对于学院来说有很大的好处。学生们能够直接进行国际交流，并且学习到媒体上很少出现的保加利亚这个国家的生活与文化，很有意义。

因此，泉认为不应该只局限在保加利亚，主张推而广之，从其他小国家也每年陆续招入留学生。

校长与白石董事长在这件事情上几乎是全面委托给泉做决定的，因此泉便开始调查亚洲、中东、非洲各个国家，与各国的大使馆洽谈如何推进才能达成上述目的。如果这件事进展顺利，那么狄安娜很可能将成为第一位、也是最后一位来自于保加利亚的留学生。

只不过是这点儿事情而已——如此思考的也就是富裕的日本人吧。

作为东欧的一个小国，位于其国内的一个小而贫困的村庄。吸引不到多少观光客，也没有值得一提的产业，生活水准很低。在那样的地方，能够被招来日本留学具有非常重大的意义。另外，狄安娜还有一位在旅行公司工作以补贴家用的姐姐，一直以来她都在为姐姐也能来我们这所学院短期留学而进行沟通和努力。虽然她姐姐现在因为受伤而在家中疗养，但旅行公司仍然以“今后有来自日本的留学生招入计划”为前提，决定长期雇佣她姐姐，并支付给她大额奖金，这事狄安娜也很高兴地对我们说过。也就是说，留学计划对于狄安娜的家庭来说犹如生命线一般，将之切断几乎意味着死亡。

狄安娜是位认真的少女，她一直努力在留学期间取得好成绩，从而让留学制度得以延续下去。因此对她来说，泉的想法是无法原谅的背叛。如果泉的身体虚弱，她与各国的交涉工作就会停滞。如果那样的话，学院与莱巴格拉德村的合作关系就可能延续下去——她恐怕就是这么想的。

到了树木郁郁葱葱的时节，泉的状态却越来越萎靡了。

她粉色的脸颊凹陷下去，时常感觉喘不过气来，待在沙龙里时经常躺在沙发上。她渐渐失去了生气——除此以外没有更恰当的形容了。

我担心得不行，每天为她把脉，测量血压。

有一天，我正要给泉把脉、伸手去握住她手腕的时候，泉的手指甲偶然划过我的手臂。

“啊！”我放开泉的手腕，看了看自己的手臂，有一条血痕。

“啊，园子，真对不起！”

泉很抱歉地抚摸着我的手臂：“不知什么时候指甲又长出来了，真是奇怪，我几天前才刚剪过的。”

的确，泉的指甲又长了出来，而且很尖。这对于经常修剪指甲的泉来说确实很奇怪。

“今天又得去修甲屋了，园子，真是抱歉。”

数日之后，又发生了同样的事。

“真是奇怪，刚去过修甲屋呀？”泉不可思议地盯着自己的指甲发出叹息，“真是奇怪，这是为什么？真是抱歉了，园子。”

“不用在意。”

我原本想着，可能只是泉忘记了去修甲屋了吧。但是不知怎的，还是放不下心，便注意观察了一下。我发现泉指甲的生长速度确实快到了奇怪的程度——是不是我搞错了？

明明刚刚被修剪过的指甲，用不了几天就会长到一碰到就很痛的长度。再注意看一看，发现她的头发也生长得很快。前几天还披在肩上的，没多久便快垂至腰间了。

真是太奇怪了，泉的身上肯定发生了不寻常的事情……

就在我疑问越来越多的时候，我目击到了那个决定性的场景：

那日放学后，我早早地将复活节与圣灵降临祭的工作做完，文学社也没有活动。所以我就收拾好东西准备回家。当我快走出大门的时候，看到了从文学沙龙那边走出来的泉。

“泉，咱们一起回去吧！”我大声招呼着，然而泉没有一点儿反应。是不是校园里面其他人的喧嚣把我的声音掩盖了？泉径直走入第二校舍去了。

“泉？”我又喊了一声。泉连头也不回，只顾往前走。我于是追在她后面，也跑进了第二校舍。

第二校舍原本采光条件就不好，傍晚时分走廊里更是十分昏暗。照明灯就只有紧急出口的绿色指示灯光。这里只有一些诸如理科实验室、家庭厨房等使用频率不高的教室，平常没有什么人气，显得很安静。况且学生们也根本不喜欢靠近第二校舍，因为这里有一个有关于镜子的传说。

那是一面放置在走廊上、很大的镜子。那不是一面普通的镜子，而是战后不久、本学院创立之时，由英国的姐妹修道院赠送的。镜子高 2.5 米，宽 1.5 米，镜面上还刻有文字，是《圣经·新约·哥林多前书》[①] 第十三章第十二节内容：

> 我们现在好似映射在镜中一般，只能望见虚幻。
>
> 然而到约定之时，我们可面对面看清一切。
>
> 我们现在所知的真理，不过是一小部分而已。
>
> 然而到约定之时，主将让我们知晓一切真理，而我们确会知晓真理。

任何学校都会有所谓的“七大不可思议”之类的，本学院围绕着这面神秘的大镜子也有不少古怪的传言。因为那段圣言的影响，有诸如“夜间站在那镜子前能够看到前世”“能看到自己真实的模样”“能看到临终前的一瞬”之类传言。

但是，虽然不少学生觉得很恐怖，但是也有相当多胆子大的学生，非要去站在那镜子前面。甚至有学生事后吹嘘“我的前世是战国时代的尼姑”之类。难道说泉对此也有兴趣，要去看看那面镜子吗？

---

① 《哥林多前书》：又译《格林多前书》，全名是《保罗（保禄）达哥林多人前书》，是保罗（保禄）为哥林多教会所写的书信集。它也被认为是一本“问题专著”，因为保罗在书信中力图处理教会在道德腐化的哥林多城所遇上的各种问题。

泉在走廊里拐了个弯。校内拖鞋踩在油毡地板上，发出一声声吱吱的声音。我也跟着拐了个弯。

然而，泉消失了。

我眼前只有那面大镜子。我一个人茫然站在那里照了好一会儿。这完全是个死胡同，除了我来的方向以外，哪儿都出不去。泉简直如同被镜子吸走了似的。

我肯定没有看错，这也不是个梦。我以我的眼睛看着泉，耳朵也听到了声音，所以才跟着她到这里的。

我不相信非科学、超自然的东西。但是，泉的确失踪了，这是毫无疑问的事实。

只能承认了，在泉的身上确实发生了一些怪事。而且那些怪事一定与狄安娜有关。她所持有的古怪的力量……

在那之后不久，泉就入院了。据说是肺炎——胸部的病症。

泉出院之后，似乎是恢复了健康。然而，她昏暗的气色看上去还是令人心痛。

果然和以前的泉不一样了……

这种违和感一直保持到复活节与圣灵降临祭的当天。我从早上开始便在校园里到处奔波，忙于最终的准备工作。总算把所有的复活节彩蛋都藏好了，孩子们拿着竹篮子开始了找蛋活动。望着参观者不断走入校门，我好不容易喘了口气。

“大致可以说是成功的吧。”我松了口气，开始寻找泉在哪里。活动安排是泉等一会儿将在教堂弥撒仪式上朗读《圣经》。

“泉，能不能请你去试一下麦克风？”看到坐在花坛旁边发呆的泉，我上前打招呼。花坛里面种着各种花，白色的铃兰花摇曳着。

“试麦克风？为什么？”

“为了朗读《圣经》做准备啊。这每年不都是你的节目吗？”

“啊，是啊。”泉摇摇晃晃地站起来。但是走到接近教堂的地方，泉的表情渐渐开始紧张，脚步也沉重起来。

“果然，我做不到。”泉的声音颤抖着。

“嗯？”

“我没法去教堂，太吓人了。”

“泉，你在说什么？”我以为她在开玩笑，于是去拉她的手。

“不要！”她以巨大的力气甩开我的手，扭过身去，然后抱着头，身体不住地抖动。

“不行，我不能去，我读不了《圣经》的！”

“为什么？你曾经无数次在十字架前读过《圣经》了呀？”

“什么十字架？”我眼见着泉脸上的血色一下子全部消失了，“我根本不想看什么十字架！对不起了，请你找代替者吧。”

我连阻止都来不及，泉已经跑开了。

为什么要害怕教堂、《圣经》和十字架？我抱着完全无法理解的疑问一个人走入教堂，眼前展现的绘画——畏惧神的恶魔及其仆从。恶魔的仆从——与狄安娜几乎一模一样的美丽女人。

不好的预感越发强烈，我飞奔出教堂，却看不到泉。我在校内到处跑寻找她。就在讲台上宣布找蛋活动优胜者的时候，大量的人拥挤到校园中央区。我努力穿过人群，教室、文学沙龙、操场到处寻找，但哪里都没有泉。只剩下一个地方了——体育馆。我正在跑向体育馆的时候，却看见有人从体育馆后走了出来，是狄安娜怀抱着泉。

“泉！”我慌忙跑过去。泉全身无力的样子。

“你对泉干了什么？！”

“我？我什么都没干啊。”狄安娜冷静地回答。

“那为什么——”我正说着，却发现泉的脖子上有一条红线浮现着。

血？拉米亚、魔女、吸血鬼、恶魔的仆从……头脑中无数邪恶的词汇闪现出来。好似为了躲开我的视线，狄安娜将自己的上衣脱下来，唰的一下盖在了泉的身上。

“她好像是身体不舒服，我带她去沙龙休息。走吧泉，没事的。”

狄安娜的声音好似小猫，然后便搀扶着泉往沙龙走去了。

那个背影就好像是恶魔的仆从正在搬运尸体一般。

过了数周之后，便发生了泉死亡的事件。

在大家的悲泣声中，我看到了泉的遗体，虽然心情非常激动，但同时一切也都明了了。果然就是这么回事。狄安娜以自己的魔力任意操控泉，最终的目的就是想让泉自寻死路。我看着泉手中所握着的铃兰花，再看着从盛开铃兰花的村庄来到这里的东欧美少女。在所有哭泣到崩溃的女学生们中间，只有她一个人，嘴角浮现起满足的微笑。

以上就是我所目击到的所有事情。我完全明白这听上去很像是非现实的事情。但是，我可以发誓这些都是我亲眼所见的事实。

因此，我将事实归纳如下：

When：7月×日的放学后

Who：留学生　狄安娜·德切娃

Whom：白石泉

Where：圣母女子高等学院新馆校舍的阳台上

How：使用魔力

What：迷惑泉自己跳下阳台

Why：为了守护故乡和家庭

虽然非常难以置信，但这些毫无疑问就是本次事件的真相。

会长　澄川小百合：

园子，感谢你的朗读。

到现在为止，你在文学社一直是只进行阅读或批评的，从来没有写过诗或者小说等书面的东西。这篇应该是值得纪念的古贺园子的处女作吧。确实如同来自理工科的你一样，逻辑严整。当然啦，这是表扬的话啊。

但是——真叫人吃惊。

泉的头发和指甲真的长得非常快吗？从走廊里突然消失，是真的吗？你真的没有看错？

嗯，我也察觉泉经常站在那面镜子前面。很大的镜子，听说是半个多世纪前从英国修道院送来的。自然而然的类似学校“七大不可思议”之类的许多传言便产生了——例如人被吸进去消失无踪。这种事情现实中是不可能的吧。

那么园子，我想与你确认一下，这次我希望大家写作的虽然是小说，但不包括幻想类的。你是完全理解这一点之后进行写作的吧？

哦，是这样。这么说，你是真的看到泉头发和指甲生长迅速、她害怕十字架和《圣经》，还突然消失……坚持这样的主张？虽然你平常连占星术都是嗤之以鼻的。

这真是很有趣。

不，我并不是怀疑你。只是感觉挺混乱的。不过既然你坚持是亲眼所见……那一定是真实的吧。

听起来雷声距离越来越近了，真是感觉不好。但愿我们不会被暴雨给困在这里……

那么，请各位成员之中最后一位朗读者上前。高冈志夜同学，请到前面来。

被阉割的天神

朗读者：二年级 C 班　高冈志夜

我一直是以轻松的文风写作小说的，但是今天手中的这一篇，却是在沉痛之中回顾过往所写的文章。然而，无论重写多少次，我原本的写作风格还是无法抹去。所以我决定这次仍然以女子高中学生、轻小说作家高冈志夜的身份来完成写作。

我发表处女作的时候还是个中年级部的三年级生，距今已经有整整两年了。15 岁发表处女作是否算很早呢？但其实我当时只是从自己的视角出发，将自己希望看到的东西愉快地写了下来，然后投稿出去而已。想不到那部作品竟然得了奖，我的人生也跟着改变了。

我并没有说大话，那部作品确实收到了不少想要将其改编为电影或翻译成外文出版的请求，但是我全部回绝了。我相信自己所写的故事是为了日本人阅读并获取快乐的。这样的文本也并不是随随便便就能写下来的，而是需要照实反映当下日本高中女生的流行、喜好和表达方式等等。因此，作为同是正在上高中的女生，我所写的作品只能使用日语，且只能在日本国内发行。我希望同时代的女孩子阅读我的作品并给予理解。所以在我看来，无论是将自己的作品影视化，还是将其翻译成外语出版，都是邪道！即使是在以后，我也没有任何同意的可能，而且我认为这是对我作品的冒犯。毕竟这关系到我作为职业作家的自尊。

在作品获得文学奖之前，我在学院中并不是特别引人瞩目的存在，也没有什么可以展示的特殊技能，学习也不是特别好。但当我突然凭借《君影草》这部作品出道，一下就引起了轰动，一时间人人都来关注我了。

“君影草”这个标题经常被人评价说，猛一听上去好像是内容非常艰涩的文学作品，但实际上并没有什么艰涩的内容，很易于阅读。是的，原本我就是以青少年能够容易读下去为主旨进行写作的。

15 岁的女孩子偶然得知自己是被收养的，于是开始寻找自己的亲生父亲，并偷偷与他通书信，就是这样一个故事。故事是以往来书信的形式不断推进的：父亲发来的最后一封信，上面什么文字都没有，只有一枚花押。原因是父亲因为一场大病倒下，已经无法再说话或者写字了，因此，他用尽力气最后画下这枚饱含心意的符号……至此结束。

我想到这个故事的契机，是因为我曾经妄想过如果自己其实是养女的话……谁都可能这样想过吧。我将女主角确定为与自己身材相近、生活在当下的女孩子。于是，情节便开始自然而然地浮现出来，小说很快便一气呵成了。

这部作品我想表达的是家族羁绊的重要性。越是在人际关系淡薄的当下社会，越希望读者能够从我的小说中体会到与他人之间的交流的宝贵和重要……这样不算我太过夸张吧？

当我得知这部《君影草》入围小说出版规模最大的出版社所主办的文学奖决赛时，真是大为吃惊，以至于后来得奖的时候依然感觉特别不真实，只剩下难为情了。不过自己所表达的信息能够传递给其他人，我还是觉得很骄傲。原本我就喜欢读书，只是没想到能够凭借自己写出来的作品出道。

我得奖之后学院方面反响也很强烈。校长给予我表彰，电视台和杂志也进行了报道。周围的人好像一下子都认识了我，也正是因为这样，升入高年级部时，白石泉前辈便来邀请我加入文学社了。

文学社是泉前辈亲手重建的高年级部文学社团，不得到泉前辈的认可便不能入会，是一个完全排外的俱乐部。因为还没有其他学生入过白石前辈的法眼，所以文学社重建一年了，成员仍然只有泉前辈和小百合前辈两个人。

建造于别馆校舍一角的特别沙龙，何等高大上！我还在中年级部的时候就听说过关于那里的传言，真的是人人憧憬。就算不能入会，哪怕只是被邀请去喝一次茶也好。甚至于还有人去扒窗张望。因为那里毕竟是一般学生无法触及的、特别优雅的另一个世界。

得到文学奖的时候，我便期待着是不是可以凭此进入文学社。过了数周，升入高年级部时，泉前辈与小百合前辈真的出现在我的教室中。那一刻真的犹如梦幻一般。

“我读了你的小说，真是太好了！请一定要加入我们文学社。”

泉前辈这么说的时候，我周围的同学们都兴奋起来。首先，眼前便是白石泉与澄川小百合的钻石组合——她们平常让人感觉难以接近，低年级学生总是在远处看着她们——她们两个人的美仿佛靠近看便会灼伤眼睛。现在，这两个人就站在我的眼前，而且是她们主动前来，邀请我加入社团！同学们兴奋得哇哇大叫，简直就想立刻都跳起舞来。我虽然还摆出毅然而淡定的态度，伸手与泉前辈相握，说：“请您多关照！”但其实腿已经在发抖了。我是第一个被招入文学社的，真是光荣之至，我真的做到了！

那时，泉前辈的手很温暖。那天直到深夜，我躺在床上依然心跳不止。

《君影草》得到泉前辈很高评价。虽然我自己说有点儿不好意思，但事实上是得到她的热烈称赞。在沙龙举行的读书会上得到介绍，作为单行本加入藏书之中。在放入书架上之前，泉前辈还专门对我说："在上面签个名吧。"我整个人都飘飘然了，于是不是在里页，而是在封面上用很大的字签了名，还在上面加了一句"献给我所爱的文学社与美丽的白石泉大小姐"。

泉前辈对我说，任何时候都可以利用沙龙从事写作活动，我也得到了宝贵的写作邀约。此外，需要的书籍可以从国内或者海外立刻寄送过来，如果需要出去搜集素材的话，费用可以从社团经费中全额予以报销……感觉在以前欧洲这就是所谓的艺术赞助者吧。虽然这么说可能是太过于夸张了，但实际上，当我在洋溢着古典哥特式风情的文学沙龙中敲击着笔记本电脑的键盘时，抬起眼来在右边是热乎乎的红茶与刚出炉的蛋糕，左边是拜托泉前辈搜集的、不知何时已经堆得很高的文学资料……请想象一下这是何等优越的环境——不知怎的，"艺术赞助者"[①]这个词便会从脑海里跑出来。

① 艺术赞助者：原文中这个单词是"patron"。比较典型的艺术赞助者如欧洲文艺复兴时期佛罗伦萨的美第奇家族，拿出大量金钱赞助新兴艺术家、科学家、文学家、活动家，为他们的创作研究提供便利及优厚的条件。

在文学社中，我与大家成了伙伴，与一直憧憬的泉前辈关系也变亲密了。

我与她之间能够变得如此亲密，应该是拜今年春天一起去保加利亚进行短期留学所赐吧。尽管只有两周时间，却过得非常愉快。带领我们去的北条老师都看呆了，我们居然能闹腾成那副样子。

保加利亚对我们来说是一个未知的国家，学院以前也从来没有学生申请去那里留学。前年，泉前辈提出了申请，成为了第一个去那里留学的学生。以往的短期留学，大家基本上都申请去美国或者英国，所以听到泉前辈要去保加利亚的时候，我们都不禁奇怪她为什么要去那么荒僻（这么说不太好）的国度呢。同时也觉得只有她一人孤身前往，实在是很有勇气。因此，第二年我也提出了去保加利亚做短期留学的申请。我心里盘算着，如果运气好，就能够和泉前辈两个人一同出发了。而这个愿望真的实现了！连泉前辈自己也说："真高兴啊，去年只有我一个人，太无聊了呢。"这一次，我们两个人结伴四处观光，真的非常快乐。

通过短期留学，我对于泉前辈也有了很多新的发现。

离开大都市来到小村庄逗留是非常好的体验，与狄安娜和艾玛成为好朋友，更是非常宝贵的经历。

我所暂住的是维西先生家，本以为能有个单独的房间，结果维西先生却对我说，在客厅里睡吧。老实说这件事是艾玛安排的失误，她因为一时没法给我再安排其他人家而面色发青。其实我觉得住在旅馆也可以，但因为“住宿在人家里面”是学院提出的要求，认为那样才是短期留学的真髓。我最后还是在旅馆中度过了这次短期留学。原本这件事我是可以向学院报告的，如果那样的话，学院可能会采取相应的措施。但因为艾玛也是在拼命地为此工作，所以我并没有说出去。狄安娜也感谢我道：“志夜，你真好！艾玛如果失去了这份工作，那我们可就没法生活了。”“不必客气，我们是朋友嘛，这是理所应当的事情。”

说起朋友，我们去里拉修道院的时候，泉前辈买了配对的手环送给我。手环是一边祈祷心愿一边戴上去的吧，戴在右手是恋爱，左手是学习，右足是友情，左足是财运，大致是这个样子的。我期盼着与泉前辈之间的友谊越来越深厚，所以立刻想将手环戴在自己的右脚踝上。但直接在泉面前这么做我有些害羞，所以便在没人处戴上了。艾玛和狄安娜都戴在了右手上。艾玛是因为有男朋友，据说快要结婚了。狄安娜虽然什么也没说，不过我猜她应该是有喜欢的人吧。

我心中期盼着手环可以尽早破碎，这样就可以早日实现愿望[①]，

---

① 西方有祈愿的手环破碎反而是吉兆，能够实现愿望的说法。

但没想到它竟然在第二天啪一下就碎了。真是吓了我一跳，想着手环应该不是这么容易碎的吧。不过它的破碎确实是好事情——在留学期间，我与泉前辈之间距离急剧缩短，感觉变成亲如姐妹般的关系了。

以前在日本提起保加利亚这个国家，有名的就是酸奶吧。等到了那里一看，他们还真是什么东西都浇上酸奶来吃。在日本酸奶是当成某种饮品的，但是在保加利亚，无论是蔬菜，还是鱼肉什么的，都加酸奶。当然不能忘记的还有玫瑰！玫瑰精油、玫瑰水、玫瑰花酱……我买了一大堆这类土特产。女孩子绝对都是喜欢玫瑰的呢。在保加利亚，无论到哪里我们都很快乐，不过最难以忘怀的应该是到村庄附近的湖畔去野餐。

早春时节，森林中盛开着含羞草花与木兰花，有澄澈而安静的湖泊，还有小鸟的鸣叫……好似误入了童话世界一般。我们坐在草地上，用李子果汁干杯，吃自制的三明治。在保加利亚境内有许多世界遗产和古代遗迹，艾玛带我们去游览了其中的很多处，但我还是最喜欢这样朴素的湖畔野餐，而且还是与泉前辈独处。艾玛她们好像是临时有事情，对我们说“请慢慢玩”，便走去别处了。

湖水实在是太清澈了，虽然我们没有带来泳衣，但还是忍不住想脱光了衣服裸体下水。早春的湖水感觉还有些冷，但碰巧那天的阳光格外好，仿佛有5月份夏天般的热度，所以将身体浸在湖水中感觉非常爽快。最重要的是，我看到了泉前辈的身体，无比美丽。她从水中抬起身时，长长的头发紧贴着曲线玲珑的身体，阳光透过树荫映照在水滴上……简直就像是威廉·阿道夫·布格罗①的画作《维纳斯的诞生》的情景再现。先说一句，我亲眼见过那幅画作。过去居住在法国的时候，奥塞美术馆就在离我家很近的地方。但相比布格罗的画作，前辈的裸体要性感得多了。

不过，你们知道吗？根据神话传说，维纳斯是从被切断的男性生殖器中诞生的。掌管天空之神乌拉诺斯因为嫌弃自己的儿子们长得太丑，便强迫其回到妻子盖亚的胎内。盛怒的盖亚命令儿子中的一人挥舞镰刀，将乌拉诺斯的生殖器切断。落入海中的器官冒出精液产生泡沫，从而诞生了维纳斯。②

以这个神话为原型，安杰洛·波利齐亚诺③曾作诗称颂：

---

① 威廉·阿道夫·布格罗（William–Adolphe Bouguereau）：法国19世纪学院派最重要人物，画风唯美，擅长创造美好、理想化的境界。1879年创作名作《维纳斯的诞生》，现藏于巴黎奥塞美术馆。

② 这是早期版本的古希腊神话中有关维纳斯女神诞生的情形，充满原始生殖崇拜的意味。在希腊神话中这位女神名为阿芙罗狄忒，对应罗马名是维纳斯。

③ 安杰洛·波利齐亚诺（Angelo Poliziano）：15世纪末意大利诗人，也是受到佛罗伦萨美第奇家族赞助的艺术家之一。

被忒提斯所环抱的狂风暴雨爱琴海中，

迎来切断落下的生命之器，

在无数日出日落之中，

白色泡沫中波浪翻腾。

从中诞生了一位少女，

优美而青春的身体与散发着神光的容颜。

放纵的西风吹动贝壳将她送到岸上，

上天亦无限欣喜。

说起以维纳斯诞生为主题的绘画，桑德罗·波提切利的作品也是非常知名的，一般认为波提切利就是有感于波利齐亚诺的诗句而描绘维纳斯的。①

将男性生殖器切下投入大海这种情节真是厉害。然而，维纳斯的美丽源泉是因天空之神的阉割而诞生的，不知为什么这一点我觉得完全接受。感受一下，“从男性阉割中诞生的美”，总感觉是与泉前辈很相配的。一个排除了男性的世界……所以必须要在

---

① 希腊神话爱神维纳斯出世的情景是欧洲画家非常喜欢的题材，15世纪末佛罗伦萨的著名画家桑德罗·波提切利创作的《维纳斯的诞生》可能是最知名的，现藏于意大利佛罗伦萨乌斐齐美术馆。一般认为布格罗的画作受到波提切利很大影响。

女子学校中才能拥有如此散发神光般的美丽吧。所谓终极之美，果然是要在特殊的环境中才能够产生的。

然而，我看到前辈的裸体是不带任何猥亵感的，只有纯洁的、神秘的、充满生命光辉的色彩。背景的天空吹动和风，绿色的大地青草萌芽，湖水凌波荡漾，似乎天地都在称颂前辈如女神般的美丽。如此美好的身体，再加上犹如圣母一般温柔的眼神，简直是犯规啦！我要是个男人的话，早就被迷得神魂颠倒、直接往湖水里跳了。啊，这个创意我不如写进下一部小说吧。

野餐结束后，原计划是由北条老师带领我们前往美术馆，但因为我们游了泳就不方便了。于是我谎称自己身体不舒服，便与他们分开行动了。我一个人慢悠悠地出门去拍照片，确实拍了很多照片。

第一次来的国家也可以一个人徒步游览，这可能是因为我在国外生活的时间很长，已经习惯了。因为爸爸工作的关系，我从小学一年级到六年级都住在法国，曾全家前往许多欧盟国家旅游。意大利、西班牙、德国、瑞士、比利时、英国……当时觉得这是稀松平常的事情，但现在想起来则是非常幸运的经历。

法国可以说是我的第二故乡，我一直期盼能够再去那里生活。相对于环境憋屈的日本，我不知怎的就是向往到国外去，好像只有去了国外才感觉舒畅。终究因为我是个归国的人吧。

可能正因为我小时候在外国生活的经验，所以我才相比他人更深刻地渴望用日语来写作小说。嗯，一定是这样。我在法国生活的六年经验，化为我的血与肉，为我的小说创作增添助益。

短期留学结束后回到日本，我总感觉无法从姐妹的氛围中摆脱出来，于是在沙龙里面也一起玩闹，为了吸引泉前辈的注意还故意做了些淘气的事情。而泉前辈对此似乎感觉也很愉快的样子，任凭我开玩笑。

狄安娜来到日本后，我们三个人在一起会谈起保加利亚的话题。因为其他成员听不懂，我感觉对她们是有些抱歉的，不过还是忍不住。特别是园子前辈，明显对此有厌烦情绪。但是没法子，那是我们的特别回忆啊。

复活节与圣灵降临祭的时候，我们的姐妹模式也是全开状态。

我在复活节与圣灵降临祭的时候扮演兔子角色（这好像是学院董事长、泉的父亲想出来的主意）。我前往执行委员会教室领取活动时需要穿着的兔子玩偶装，看到兔子头和身体分开，在地板上放成一排。复活节兔子本来是生命繁盛、复活的象征，这样身首分离，用塑料制作的白色眼眶里面蓝色染料涂抹的古怪眼瞳，给人一种不得好死的感觉，真是太吓人了。

我将玩偶装穿在身上，让人意外的是它又重又闷热。我一想到要在这里面度过几个小时，心情就特别郁闷起来，抱怨着自己居然摊上这么糟糕的任务。我请人将玩偶装后面的拉链拉上，把兔子头套也戴上去，最后把膨大的手套也戴上了。啊，我还特意涂了指甲，现在全毁了。平常校规禁止涂指甲油，不过用复活节与圣灵降临祭上使用剩余的颜料涂抹是不会被追究的，所以大家都涂。我涂上了可爱的葱绿色，可是在玩偶装里面当然是没意义的。明明是那么相配的。

我变成了复活节兔子，以快乐的舞步行进着。不时有孩子跑来打招呼，要我和他们一起寻找复活节彩蛋。玩偶装真的好重，弄得我腰酸背痛。但我还是努力大幅度挥手、抬脚、转动腰部。

“哇哦，难道是志夜？”不知从哪儿传来声音，因为耳边贴着网袋听不太清楚，所以辨别不出声音的方向。我开始转动身子，寻找声音的来源。

“在这边哟。”不知谁的双手触摸到我毛茸茸的玩偶手套。我从很小的眼孔往外看去，只能看到制服短裙。

“是谁啊？”

“我是，泉啊。”

“啊，泉前辈。真厉害，居然能认出是我。大家可都穿着一样的玩偶装呢。”

“我一下就知道是你了。”

“为什么？”

“因为你是这些兔子当中跳舞最烂的嘛，哈哈。”泉前辈哈哈地笑了起来。

“啊，前辈真过分！我都这么努力了，汗浸了一身呢！”

“很热吗？”

“都快热死了。”

“啊呀，真是可怜，跟我来吧。”

泉前辈挽住我的手臂，引导我向前走。装作是和复活节兔子快乐舞蹈的样子，一直走到体育馆后面去。

“这里就没人看到了，脱掉休息一会儿吧。”

真是得救了。我脱掉浸满汗水的手套，把兔子头往上拔。但头套太紧了，拔不下来。

“前辈，脱不下来啊。”

“哎！”

泉前辈也来帮忙拉动，但是脖子部分像被卡住了似的，仍然弄不下来。

“啊啊啊疼，前辈！”

“你忍耐一下，我们再来一次。”

噗的一声，兔子头被拔了下来。

“真的很疼啊。前辈过分了，真是的，不原谅你了！”

正在我大喊大叫闹腾的时候，听到有人走过来的脚步声。啊呀，复活节兔子偷懒被发现的话，泉的父亲肯定会生气的。

“前辈，怎么办？”

“没事，你往相反的方向逃，我帮你掩盖过去。”

“但是……”

“别说了，快跑吧！”

泉前辈拍了拍我的屁股，于是我慌忙地跑开了。真是的，为啥泉的父亲会想出扮演复活节兔子这么愚蠢的主意，害我吃了这么多苦。过了一会儿，我回到校园里，不动声色地加入舞蹈队伍，又和小孩子们玩起来。

结果，我并没搞清楚那个脚步声是谁的。

当时真是搞得很慌张啊。但是，在泉前辈去世之后，如今回想起来那却是美好的回忆。那时候实在是做梦都没想到，仅仅数周之后泉前辈竟会死去。

复活节与圣灵降临祭来的客人与赞助者们离校并进行打扫之后，学院的仪式才在新教堂举行。全校师生都集合于此，不过实际参加仪式的只有接受洗礼的学生。在基督受难的十字架下，受洗礼学生们在神父的面前列队，接受赐予的面包与葡萄酒。

“基督圣体赐予你。”

“阿门。”

“基督圣血赐予你。”

“阿门。”

当神父将面包放在学生们的舌头上，小口杯中的葡萄酒也允许学生们抿一小口的时候，我能感觉到肃穆神圣的气氛。这个仪式是由最后的晚餐传说而来，已经延续了两千年之久。即使是我也能充分体会到这个仪式的沉重分量，不禁身体发僵。两千年，想一想真是无尽的时光啊。

在以往的仪式上，总是由泉前辈朗读《圣经》的。然而这一次我却看到小百合前辈代替她站在了讲台上。我环顾教堂四周，也没有见到泉前辈的身影。难道说我偷懒的事被发现了，她为此遇上麻烦了吗？

我开始担心起来，仪式一结束便立刻跑出去找她。我最后在沙龙里面找到了泉前辈，她好像什么事也没有，只是站在窗边发呆。

“太好了，前辈，你在这里啊。”

听到我打招呼，泉前辈转过头来。

“啊，弥撒仪式已经结束了吗？”

“结束了，没看到你所以我担心得很。”

“嗯，我有点儿累。让你担心了。”

“那个……没发生什么吧？”

“没事啊。事实上很顺利呢。”

泉前辈微笑着，稍微解开衣领给我看。我看到里面的红色丝巾。

“为什么戴这个？”

“这个其实是去年的东西了。这丝巾是去年找复活节彩蛋活动的第一到第五名获得的奖品。我本打算戴上这个去看发奖仪式，但到那里时已经结束了，所以就在体育馆后面休息了一下，也没被发现。因为每年都会有因没得奖而哭泣的小孩子，所以我带多一些打算去发给他们的。”前辈像淘气的孩子一样，吐了吐舌头说道。

“这样啊，真是太好了！”

我总算是放心下来，这时沙龙的门开了，其他成员都进来了。泉前辈向我使了个眼色，将手指放在唇边，好像在说：“这件事是我们之间的秘密哦。”但我因为太高兴了有些得意忘形，不禁大声喊道：“嗯，是秘密！”结果被泉前辈瞪了好一会儿。

文学社在复活节与圣灵降临祭活动中的销售额，包括奶油蛋糕和饼干在内（当然都卖完了）一共收入42万元！扣除材料费18万元，再从中扣除10万元作为社团活动经费（前辈作为有钱人家的大小姐，在金钱方面却如此严谨），还剩下14万元可以用于捐赠。

因为捐赠目标并非学校指定，而是由各社团自行决定的，所以各社团可以按照自己的理念选择决定，这也是一个学习的过程。文学社每次都由全体成员提出意见，然后投票表决，少数服从多数。这次复活节与圣灵降临祭的捐赠，园子前辈建议捐给偏远的地区医院，二谷同学建议捐给养老院，泉前辈建议捐给孤儿院，她们各执己见。

泉前辈说："我一直想为不幸的孩子们做点儿什么。因为各种原因失去了亲人的孩子真的很多。为了让那些孩子们多少好过一些，无论如何想出点儿力。而且你们瞧，还有刚一出生就沦为孤儿的孩子呢。"

泉前辈一边掏出可爱的婴儿照片给我们看，一边流下泪来。大家也都被感染了，纷纷说："是啊是啊，这次就捐给孤儿院吧。"于是，全体表决，一致通过。我越来越觉得泉前辈值得崇敬了，真是充满爱心的人啊。

不过说起来，蛋糕和饼干能卖得这么好都是小南同学的功劳。

同样的器具、同样的材料、同样的分量，我们所烧制出来的与茜的相比是远远不如的，肯定有精确把握时间点之类感觉上的差距存在。

我经常以爱丽丝称呼茜，因为这个穿着蓬松围裙的童话少女——简直与《爱丽丝梦游仙境》中描述的爱丽丝一模一样嘛。

还有那次，就是读书会的图书选题确定是《爱丽丝梦游仙境》的那次，茜下午茶时间的表现实在是华丽至极啊。她烤制的黄油面包和蜜糖蛋挞，完美再现了疯帽匠的茶会餐点。而且，还一边说着“来，戴上这个”，一边把不知从哪里找到的、用来戴在头上的东西都给拿来了，真是面面俱到啊。二谷同学戴上扑克图案的士兵帽、狄安娜的是猫耳朵套、我的是老鼠面具、园子前辈的是圆边高帽子、小百合前辈的是兔耳朵套，而泉前辈的则是前面冠有心形的头带。就这样，我们分别扮演为扑克牌士兵、柴郡猫、睡鼠、疯帽匠、三月兔，以及红心女王。当然啦，茜本人就是爱丽丝。[①]

泉前辈装出一副凶恶的样子，不停地嚷嚷“拖出去砍头”，搞得大家哈哈大笑。那次的茶会真是热闹啊。

说起来就是在那次茶会上，我看到茜的左手腕上有一个手掌大小的红印子，那是我第一次见到。穿冬季制服的时候没有注意到，穿夏季制服的时候因为茜怕冷一直披着对襟毛衣，所以也看

---

① 这一段所说的“扑克牌士兵、柴郡猫”等都是《爱丽丝梦游仙境》中的角色。

不到。只有在那次茶会上，她穿着爱丽丝那样的短袖连衣裙，所以才让我看到了。我并不是想不礼貌地盯着看，只不过茜注意到我的目光时便慌了神，连忙将手腕遮住，所以我才一下就感觉自己很失礼。正在茜内心慌乱的时候，泉前辈走过来温柔地抚摸着她的手臂，道:“没什么好害羞的嘛，看着很可爱呀，简直就好像是铃兰花的形状呢。真是萌萌哒。”就这样把这事圆过去了。

这样的话，不但缓解了茜的紧张，也是给我圆了场，让我不会被看作是个失礼的人。就在那一瞬间，泉前辈就牢牢地把握住了当时的气氛，让每个人都感觉舒服地让事情过去了。她的感触是多么细腻啊！我再一次深受感动。她真是一个完美的女性。

我虽然是很喜欢茜的，但是渐渐注意到她身上一些特别的事情。

记不清楚是哪一天了……泉前辈曾经说:“如果我毕业的话，想同时关闭文学社。”大概那就是开端吧，我后来这样猜测。当时距离泉前辈毕业还有两个学期，到时候真的就会关闭这里吗?

文学社本来就是因为泉前辈才重新建立起来的，相当于归她所有。成员们也都隐约有这样的猜想，那就是泉前辈一旦毕业，文学社的沙龙就会关门，那样的话，应该是会感觉很寂寞的吧。听说沙龙似乎会捐赠给孤儿院，整体搬迁过去。

然后，平常总是那样安静的茜，猛然站立起来，开始大声反对关闭沙龙。她的声调非常尖锐，把大家都吓了一跳。

“这是要把沙龙从我们这儿夺走吗？”

“给孤儿院捐赠其他东西不就好了吗？”

“如此一意孤行是行不通的！”

看来对她来说沙龙里的厨房是从心底爱着的地方。她家中料理店遭遇火灾，原本顺利改作西式餐馆的计划也完全破灭了。眼下，若将这个能够自由制作点心和料理的厨房说成是茜的全部寄托和生存价值所在，也毫不夸张。

但是泉前辈的主意很坚定。

“基督教导我们说应该爱我们的邻居。”她这样劝慰茜。

结果还是没有听茜的意见，沙龙关闭和搬迁的事就决定下来了。

就是在那之后，泉前辈开始抱怨“感觉不舒服”。

泉前辈平常在沙龙中一直是很快乐的，和着音乐唱歌、踩着节奏跳舞，但在那之后便经常疲倦地靠在沙发上打盹了。而且，她还说一看文字就会头痛，所以书也不读了，也很少在读书会上发言了。茜很担心泉这个样子，为了重振她的食欲还专门制作了烩饭、三明治……但是泉前辈非但没有恢复元气，反而越来越消瘦下去了。

我实在是无法忍受最喜欢的泉前辈如此萎靡下去，整个校园都感觉灰暗了，快乐的气氛也荡然无存。有没有什么办法能让她恢复呢？可是我除了写作，不会干别的事情。为了让泉前辈的心情愉快起来，我为她读诵励志的诗作。但是，仅仅这样的手段大概是没有什么效果的吧。我只能抱着这样不甘的心情，看着前辈日益苍白衰弱下去。

我想了很多办法，最终想起泉前辈是很喜欢莫扎特的音乐的。彼得·谢法的舞台剧本《阿马迪厄斯[①]》也曾在读书会上讨论过，根据其改编的电影也曾在沙龙举行的“特别观影会”上观赏过。我想到泉前辈喜欢一切与莫扎特相关的事物，于是从家里带来了卡拉扬[②]的CD给她，但她却以“不好意思，听音乐也让我疲倦”拒绝了。

---

① 阿马迪厄斯：英文Amadeus，来源于拉丁语，含义是“爱与上帝”。18世纪欧洲最伟大的古典主义音乐作曲家莫扎特的全名是Wolfgang Amadeus Mozart，后人经常以Amadeus指代莫扎特。讲述莫扎特生平的舞台剧《Amadeus》是英国20世纪著名剧作家彼得·谢弗（Peter Shaffer）最知名的作品，1979年在伦敦首演，1980年在美国百老汇首演。因为Amadeus在拉丁文中的含义，因此这部剧也被称作《上帝的宠儿》。1984年美国导演米洛斯·福尔曼将《Amadeus》改编电影搬上银幕。

② 卡拉扬（Herbert von Karajan）：奥地利音乐指挥大师，与莫扎特一样出生于奥地利萨尔茨堡。他指挥演绎的莫扎特作品被认为是20世纪最完美的音乐表现。日本指挥大师小泽征尔是卡拉扬的学生之一。

于是我继续想办法，脑中突然冒出个想法：制作与《阿马迪厄斯》相关的点心也许是个好主意。这种点心名为“维纳斯的乳房”，电影中莫扎特的妻子康斯坦泽曾品尝过。用白兰地浸泡过的栗子涂上白巧克力汁，好似乳房一般朝上摆放在铁板上烤制，然后再撒上巧克力片，如此简单的一种点心而已，但看上去很可爱，听说曾一度在法国很流行。[①]

泉前辈看上去很疲倦，不过似乎还有食欲。如果是甜点的话她一定愿意吃一些的。我为自己想到了好办法而兴奋不已。不过我可不擅长做甜点，当然只能去拜托茜了。

沙龙的厨房里面虽然没有可供烤栗子的烤炉，但是茜说：“有制作松露巧克力的方法。按照那个方法试一下，交给我吧。”于是，茜连料理书也不用翻，直接就熟练地开始制作了。我在旁边佩服地看着，因为笨手笨脚，所以也帮不上什么忙，感觉只能全部拜托给她，自己去客厅里等待了。

客厅里，园子前辈正在给泉前辈测量血压。我看了一会儿泉前辈的雪白手臂，突然一个更新奇的点子跳入脑海。在法国的古典甜点中有一种名为“维纳斯的手臂”，是使用干水果制作的蛋糕

---

① 这种点心实际上是奥地利的传统名点，因为外形看上去就是女性乳房，所以其流行之时也被认为是道德堕落的象征。

卷。如果“维纳斯的手臂”能配合“维纳斯的乳房”同时拿出来，那个场面一定会让泉前辈也非常高兴的吧？而且，这与我心中的女神泉前辈太相称了。

我一边在心里赞赏自己简直是个天才，一边急忙在网上查到菜谱并打印出来，然后飞跑到厨房里去。

“茜，有没有能烤干水果的烤炉啊？”

我猛然打开厨房门冲进去，把茜吓得身体猛然一震。然后，我看到她下意识地把什么东西往身后藏过去。

“吓了我一跳啊，志夜同学。”茜的脸上虽然满是笑容，但脸颊整个还是明显拉长着。

“那是什么？”

“嗯？”

“你藏了什么了？”

“哎，你在说什么啊？”

“哦，没什么，大概是我的错觉。”

“是啊，别在这儿碍事了，马上就完成了，出去等吧。”

桌上的栗子巧克力蛋糕已经基本成型了，整齐地排列成行。

“好的，我在外面等。”

直到我走出厨房，茜也没有把双手从背后拿出来。果然有古怪，这不像是平常的茜。结果，我打印的“维纳斯的手臂”菜谱也没有给她，这天就只品尝了“维纳斯的乳房”。浑圆的白巧克力上面还有一点儿粉红色点缀，看上去果然是逼真可爱的乳房模样，大家齐声称赞。与我预想的一样，泉前辈也很高兴地品尝了。

“怎么看上去泉的那个‘乳头’比别人的都大呢。”园子前辈嘻嘻笑着打趣。她不说我还没注意，这么一看确实泉前辈那个盘子里所盛的巧克力，顶上粉红色的部分要大了不少，就好像是为了做标记一样……

在那个瞬间，我第一次有所察觉。一直以来无论是蛋糕还是蛋挞，明明每个人都能分一块的点心有那么多，但最近经常是小圆饼或者布丁，总之都是只能个别品尝的。也就是说，如果为了以泉前辈为目标，这样更容易做手脚。

如此说来，泉前辈确实是在沙龙里面品尝点心或者小吃之后，说感觉不好的。而且……今年的新生二谷同学第一次来到沙龙那天，品尝了茜烧制的松糕。第二天，二谷同学有些惭愧地对我说：“昨天吃了不习惯的东西，回家感觉恶心起来，结果都呕吐掉了。”我记得那天泉前辈确实对她说过：“我已经咽不下去了。喜欢的话就请享用这些。”便把自己的那份松糕让给了二谷同学。我甚至记得当时自己还有点儿嫉妒的小情绪。

那么这到底是怎么回事？——难道说茜往泉前辈的口中送入了什么奇怪的东西？

我自那以后便开始仔细观察。果然发现凡是放到泉前辈面前的食物上面都有某种标志，而且都是由茜亲手放到她面前的。而泉前辈吃过几口之后便会说“感觉不好”。

泉前辈刚冒出一阵阵的热汗来，突然又全身发冷，横躺在沙龙沙发上。我想给她倒杯红茶，一看茶壶里没水了，便跑到厨房里去，看到还没有最终整形的蛋糕正在一个个出炉——

我对于这种症状心中是有印象的，对——就是食物中毒的人会出现的症状。因为作为“不行！绝对！ STOP THE 毒品”宣传活动的一项活动内容，我曾受出版商委托以女子高中生的视角写过一篇文章，为此对相关情况进行过调查了解，当时还前往了强制戒毒所搜集素材，所以是知道相关知识的。

瞳孔放大，体温调节功能失调，感觉强烈的口干舌燥，没有食欲——这不就是泉前辈现在的样子吗！

我内心非常焦急。这样下去泉前辈不但身体会垮，甚至会有生命危险。但是如果正面去阻止的话，茜的立场也会非常难堪。可我又不能视而不见。因此我在以《Y 的悲剧》[①] 为课题的读书会上，发表了如下一番言论：

---

① 《Y的悲剧》（*The Tragedy of Y*）：是美国作家埃勒里·奎因的著名推理小说，“四悲剧系列”中的一部，被公认为推理小说史上难以逾越的佳作。小说开场便出现被毒杀的尸体，其后多次出现下毒谋杀的情节。

“毒药或者说毒品，如果在今日依然被拿来作为行凶的手段，那真是落后于时代了。过去虽然不清楚，但现在只要进行遗体解剖，一切便都明了了……”

听到这话时，茜脸上的表情至今我还清楚地记得。一直都明亮的眼眸一瞬间石化了一般，失去了所有光彩。我装作没看到的样子。但我作为朋友也很可怜她。

我相信那之后她便会住手了。我本来是打算给她一个台阶下的……但可能是反而把她给逼急了。因此她才放弃了使用毒药，而决心直接选择从阳台推落的方式，简单直接地加以谋害。泉前辈，茜，很抱歉，看来我的一念之差成了决定性的推力。

泉前辈死后，当然沙龙的捐赠与搬迁计划也就取消了。自从前辈去世后，有一个星期时间，茜每天都站在厨房里面，一边说着“白石前辈会喜欢的吧”，一边制作着奶油蛋糕、葡萄慕斯……不知怎的，好像蛮轻松的样子。而且，她还提出申请要以“小南家”的名义收购沙龙和厨房。如果申请获得批准，那么厨房似乎就会整体搬迁出去，成为西洋餐馆。当然，茜会成为餐馆的主人之一，在那里继续做料理、点心。这里都是可以比肩一流饭店的最新设备，自从茜入会以后，又拜托泉前辈将各种厨房设备和用具都给买足了，茜理想中完美的厨房已经实现了。这是只为了茜一个人而存在的厨房——茜一个人的奇境世界。

我的心情非常复杂。当然我到今天仍然非常喜欢泉前辈。她犹如我真正的姐姐一般，如今却已消失——而且如此年轻——我非常难过。如果凶手不是茜的话，我想我会极度仇恨并诅咒那个凶手……但是我也喜欢茜。她是个好女孩儿，非常努力。她的西式餐馆梦想，我也曾为之祈祷，期待能够实现。

家中的料理店被烧毁实在是太不幸了。那次事件使得茜的人生发生了巨大的变化。对于有那样悲惨经历的茜来说，沙龙厨房对她的意义之重大应该是远远超过我们想象的，这里是凝聚着她全部爱的地方。而要将之夺走的话，她会暴怒也是可以理解的。茜也是个可怜的受害者。

茜所做的事也许是非常恶劣的，但是我还是很喜欢她。虽然她是夺走了犹如我亲姐姐一般的泉前辈的人，但我还是恨不起来。

因此，我至今无法忘记，我偶然在游廊里看到的那个场景。

往泉前辈的后背推下去的茜脸上清爽的笑容；看着从阳台上跌落下去的泉前辈，她眯起来的眼睛。那时茜是不是觉得自己更接近梦想了呢？犹如为了将奇境世界收入掌中，爱丽丝必须要杀死红心女王？

因此我不责怪她。如果这是茜选择的解决方法的话，我想谁都没有权利去责怪她。

当我看到泉前辈的手中握着的铃兰花，我心中期盼着不要有人联想到茜手臂上的印记。

也许有一日报应终将到来，但至少在那之前，希望她能够将时间拖久一点儿。那个不惜杀害泉前辈也要完成的心愿，希望她一定要达成。

我真的真的，发自内心如此祈盼。

会长　澄川小百合：

高冈同学，感谢你的朗读。

果然是专业作家水准的作品，好像是最让大家感觉兴趣盎然的吧。当然我也是。所以我才要担当最后一篇朗读嘛。

高冈同学的文风我非常喜欢。现今女子高中生的说话口吻也好、节奏也好，都得到了充分体现。《君影草》也是，我把中学生篇、高中生篇、大学生篇的整个系列都读了，当然也很喜欢新作品。

围绕女神维纳斯诞生的神话我以前一点儿都不知道。由天空之神的阉割而诞生的美丽……真的是和泉非常相称的传说呢。泉的美丽脱离俗世，也许可以说是媲美神话一般的。这真是非常有趣的意见。能够有这样的知识，并且融会于创作之中，果然高冈同学的写作手法很厉害呢。

嗯，我也记得你曾经在沙龙里面寻找“维纳斯的手臂”的相关菜谱。那个时候你拿着菜谱冲到厨房里去我也记得。当时我还对那东西究竟是什么味道很有兴趣呢，但结果那种蛋糕卷并没有制作，非常遗憾。原来背后还有这样的故事……

而且，又指出了新的嫌疑人。每一部小说听起来都感觉是真实的。真是不可思议，到底会得出怎样的结论呢……

总之，感谢高冈同学的朗读。那么请回到座位上。大家请为高冈同学的专业作品鼓掌。

那么现在，大家的朗读便全部结束了，辛苦各位了。

在这一个星期的时间内，大家都对于泉的死亡事件考虑了很多，并都得出了自己的结论。这对于大家来说确实是太过沉重的回忆。泉如果地下有知，一定会感谢大家吧。

那么，终于到了最后，便由我来进行最终一篇朗读。

在此之前……首先必须要向大家道歉。因为我将要开始朗读的小说，其实并不是我写的，而是由白石泉本人写的。

哎，大家不要这么吃惊嘛。这部小说是今天早上寄送到我手上的。我确定是泉的笔迹。但到底泉是在什么时候写的呢……你们觉得困惑也可以理解。总而言之，我现在就开始朗读了——

死者的低语

作者：前会长　白石泉

代理朗读：会长　澄川小百合

自己不能作为主角的人生，没有任何意义。

无论是有多么精彩的故事、铺设多么密集的伏线，如果这些都不是为自己准备的，一切便都是无趣的。

如果碰巧成为主角，那么人生中便有了最为光辉的年代——例如高年级部的三年时光，那是年轻有朝气、充满生命力量的季节。

如果想让自己成为主角，那就需要一些配角，而且，必须是聪明的配角。因为聪明的配角更可以衬托出主角的魅力，且又绝不会比主角更吸引眼球。

所以，配角水准的高低决定了故事的好坏，身边有怎样的配角相伴，也决定了主角的格调。配角的水准越是高，那么主角就越能够进行华丽、活跃的表现。

但糟糕的是，配角盯上了主角的位子，主角一不小心就会被其取而代之。

如果已经成了主角，就要维持住主角的宝座，这需要努力与时间，必须要经常采取措施保持自己相对于配角们的优势。为此目的，怎么做才好呢？

——那就是掌握秘密。

如果他人的不幸有甜味的话，那么秘密就是无上的调味品，而掌握他人秘密者的人生就是丰富醇香，且带有刺激的味道。

被掌握秘密的人越是美丽、越是富有才华，那么她的秘密便显得越是丑恶。将它们寻找出来，是多么愉快的事情啊！

掌握秘密、剥夺容身之所、将其逼入角落，掌握一个人的秘密就等于控制了这个人的灵魂。世上绝不会有比这更为快乐的事情了。

因此，掌握他人秘密之时，自身的故事也就随之诞生了。

例如，设定舞台是圣母女子高等学院，背景是文学社。

而那个主角，就是我。

I

晨光在群山之间慢慢浮现，悄悄照亮了窗外，原本被浅浅抹上一层薰衣草色的清澈天空渐渐转变为橙色。我在被窝中一边打盹，一边眺望着天空颜色的变幻。

“泉，你醒了吗？”

他在我的耳边低声问。他的手臂还如同昨晚一样，从后面紧紧环抱着我。

“嗯，不过还想这样子多待一会儿。”

于是他紧挨着我的肩膀，将脸埋入我的头发中。这个爱撒娇的人。这是属于东欧独有的、令人屏息的美丽清晨。我们无比珍惜着每一个瞬间，互相传递着肌肤的温度。因为我们知道，如此好似被包裹在蚕茧中、无比甜蜜的时刻，是不可能持续下去的。

一旦回到日本，我们便只能分开。

作为宗教系女子学院的老师和学生，这是绝对不被允许的关系。必须要在他人面前装作什么事也没有一样称呼“老师”，保持一定的距离。那是多么痛苦的事情。热恋的人就在眼前，却无法触摸、无法倾诉爱的话语，真是无比折磨。已经知道这种痛楚的我，无论看哪一位同班同学都感觉挺幼稚的。

“慎二。”我总是这样称呼他，这是我所爱的名字。

“嗯，是想喝咖啡吗？”

“是。”

他从我的身体上放开了手臂，爬出被窝去。他准备咖啡豆和热水的时候，我继续打盹，并再次眺望窗外的景色。

如果能永远这样该有多幸福啊。我这么想着……

春季短期留学结束回到日本，立刻开始了新学期。

又是无聊的日常，必须回到“老师”与“学生”关系的生活中去。

我成了三年级的学生，终于来到了高年级部的最后一年了。

我在教室中漫无目的地眺望着窗外。与东欧美丽的景色不同，窗外只有学院的校园。而且今天没有他的课程，如果没有那么好运在走廊里偶然遇到他，我就无法与他见面了。我偶尔会借口有事去教职员室，但是互相之间的眼神接触，或是产生温度若被周围什么人察觉到的话也麻烦，所以要是没有什么特别的事情，我是不会去教职员室的。

但是在放学以后我们可以见面——一想到这里，心中便躁动起来——放学后在文学沙龙中，原本我就是为了创造与他在一起的机会才重建文学社的。

“泉，保加利亚怎么样啊？”

正在我沉浸于甜蜜的回忆中时，有人向我搭话。是小百合，我从小的玩伴，也是我最亲密的好友——澄川小百合，文学社的副会长。

建立至今已经超过六十年的圣母女子学院，据说早就有文学社的存在，但在我们进入高年级部数年之前已经处于休眠状态了。原本来说，一个年级只有一百二十多人的女子学校规模并不大，人气主要会集中于英语对话、话剧、音乐、舞蹈等如今比较流行的社团，只是默默读书这种一个人也可以进行的无聊活动，在现代女学生看来是没什么魅力的。因此，原先文学社团的成员便一个接一个退出了，最终一个人也不剩，就此休眠了。这是作为顾问的北条老师苦笑着告诉我的。

北条老师曾是以成为小说家为理想的文学青年。我刚进入高年级部上第一节语文课时，就遇见了这位刚二十岁出头的年轻老师，立即对他一见钟情。他柔软的头发、倦怠的眼神、似乎是仅仅为了确认现实的丑恶而阅读小说的愤世嫉俗态度，立刻就能吸引他人的注意。况且，他还有温柔又爽朗的笑容，我渐渐迷恋他到无法自拔的地步。

我调查了北条老师的所有事情。他出生于寒冷的地方，有一个姐姐、一个弟弟，深受卡夫卡[①]小说的影响，喜欢听舒伯特[②]的

---

① 卡夫卡：即弗朗茨·卡夫卡（Franz Kafka），生活于奥匈帝国统治下的捷克德语小说家，本职为保险业职员，主要作品有小说《审判》《城堡》《变形记》等，善于描写小人物在社会压力下的痛苦挣扎。

② 舒伯特：即弗朗茨·舒伯特（Franz Schubert），奥地利作曲家，早期浪漫主义音乐的代表人物，也被认为是古典主义音乐的最后一位巨匠。

音乐，如今担任着已经没有成员和活动的文学社名义上的顾问。

于是，我为了能够接近老师，将文学社重建起来。学院认可文学社作为社团的条件是成员至少要有两名。因此，我让小百合也提出了入会申请。

如今，成员数量是大大增加了，当初就只有两个人。记得刚重建起来的时候，北条老师就只对着我和小百合两个人非常热心地谈论文学，也给我们布置写作随笔、诗歌和短篇作文题目。

我写作充满热烈爱意的诗歌并在老师面前大声朗读，又在读书会上选择杜拉斯[①]的《情人》等含有暧昧意味的小说作为讨论主题。他也渐渐察觉到我的热恋之心。终于，我不再被视为女学生，而是作为一名女性与老师结合了。

“真是太高兴了，这感觉真好。”

“和老师相处愉快吧？”

小百合当然知道所有的事情。

“是啊。时不时从寄宿家庭偷跑出来，去他住的旅馆见面。”

“真好啊。”

短期留学基本是由学生自己选择想去的国家。无论希望去哪

---

① 杜拉斯：即玛格丽特·杜拉斯（Marguerite Duras），法国当代最著名的女小说家、剧作家和电影艺术家，代表作有《广岛之恋》《情人》等。

国，学校方面都会安排住宿的家庭。美国、英国、澳大利亚、法国、德国、韩国、中国等都很有人气，但我特别选择了谁都不会提出申请的保加利亚。在申请书上必须以小论文的形式写上选择理由，但我对于保加利亚什么都不懂。考虑之后，小百合给我想了个办法：

“提起保加利亚，有一位文学史上很重要的作家——伊万伐佐夫[①]。只要写上对这位作家感兴趣，想研究他是在怎样的环境中创作其作品的便可以了吧？”

对作家及其作品的调查直至小论文的修改工作，小百合都帮我完成了。多亏了她，我去保加利亚短期留学的申请才得到了批准，由担当语文教学的北条老师同行。如此一来，我从这一年春天开始，就可以不用在乎任何人目光地与北条老师度过一段美好的假日了。不过，没想到今年高冈志夜也来参加了，于是我们也不能总是两个人在一起了。

一直以来，每当我难以抉择的时候，小百合便会给我准确的建议。她与我一样的年纪，但想法却很成熟，不为周围潮流所动，总是能够自己进行周密的思考。她似乎与我是正好相反的，但因

---

① 伊万伐佐夫（Ivan Vazov）：保加利亚文学泰斗，1907年建成的国家剧院被命名为伊万伐佐夫歌剧院，是首都索非亚地标建筑之一。

此才是我最好的参谋和伙伴。在我喜欢上老师，并且要重建文学社的时候，都是小百合在背后给我助力；我和老师在校外相会的时候，也是她给我创造了很多在场证明。如果小百合不在的话，这段恋情恐怕是没法成立的。

“今天有没有社团见面会啊？”小百合问我。

所谓“见面会”，其实是暗指我与老师的幽会，基本都定在每个星期的星期三，没有教职员会议的那天。

“对，是有见面会的，又要拜托你了呢，小百合。”

星期三的见面会，在呈送给学院的活动报告里的内容都是整理藏书。每个星期将类似的活动内容整理后提交学院的任务都是小百合完成的。当然，我和老师秘密见面的事，文学社的其他成员都是不知道的。成员们只以为是因为要整理藏书，所以那天沙龙才是关闭的。

因此，我总是在期待星期三的到来。每个星期只有在三次上课的时候能与他的目光接触，但星期三放学后的数个小时里，我都能够与他在一起。

与老师单独相处的场所必须是非常浪漫、整洁、豪华的，总而言之就是完美的场所。

因此，两年前重建文学社之后，我立即拜托父亲开设了沙龙。

我所喜欢的古典家具、窗帘和地毯，都用我所喜欢的颜色。为了守住秘密，我还特意使用了隔音窗和隔音壁；为了能充分享受下午茶时间，我还准备了一个设备齐全、应有尽有的厨房。而且，还设计了将老师感兴趣的珍奇书籍一举囊括的书架。

我们在沙龙中无所不谈，互相抚慰，并且仿佛永不满足一般沉浸于性爱。

对我们来说，文学社只是伪装，所以原本也并不打算增加除小百合以外的其他成员。沙龙只要能够作为我与老师之间培育爱情的空间就可以了。

但是不行，总感觉有哪些东西还不够。

在我所拥有的这个城堡中，已经有了一切，并且只属于我的空间，到底还有什么不够的呢？

那段时间，我经常在与老师幽会之后，关上沙龙的门，思考这个问题。

时光在我与老师的缠绵中流逝，我成了高年级部二年级的学生。

春光炫目的季节，我伏在阳台的栏杆上，眺望着校园。这里是对我来说吸引力仅次于沙龙的场所。在这里我可以看到很多学生，有在草地上读书的、有吃便当的、有侧卧着愉快谈话的、有打羽毛球的。可爱的笑声，青春洋溢的肉体，发散出强烈的青春气息。

我们是美丽的，仅仅是作为女子高中学生，也是相当的美丽啊。

从每一根柔顺的发丝、每一寸光滑的肌肤、每一双闪亮的眼眸、每一瓣娇嫩的嘴唇、每一对完美的肩膀，还有稍差一点儿便能成熟的充满烦恼的胴体，犹如微风一般甜美的声音，一切都是美丽的。

而在这其中，我知道自己拥有着出众的魅力。拜我身为学校董事长的父亲所赐，从学生到老师都要高看我一眼。

作为女子高中生所能享有的所有特权，只有非常短暂的三年时光。这是守护在校园、校服之中的魔法时间。一旦毕业，如此特别的存在便消失了。走出名为女子高中学院的禁猎区，魔法立刻就会被解除。

而事实上，我感觉升入高年级部最初的那一年，简直是一转眼便过去了。只剩下两年时间了，我的心中慢慢涌起焦急的情绪。

至少在学校期间要成为主角。

必须只有我一个人成为主角。

在学院的最高处闪耀的必须只有我一个人。

这个时候，我突然间意识到沙龙中缺少的是什么了，那就是衬托我故事的配角们。

配角，必须要慎重选择，必须要拥有主角潜质的美丽与才华，压制其成为配角，才更能衬托出主角的不凡。因此，绝对不是谁都可以来担当我的配角职务的。

强大、聪明、美丽的少女——我的脑中浮现出某位后辈。

高冈志夜——她在就读中年级部时就获得了轻小说文学的新人奖，自那以后不但在校内，而且在社会上也获得了很多关注的目光。在才能之上，她还拥有细致的肌肤与清秀的五官。虽然身为修女的校长是断然拒绝任何媒体进入校园的，但只要走出校门一步，就会经常有记者们拿着照相机和麦克风等待高冈同学。

我于是便去接近高冈志夜。

要让别人按照你的意志行事，就要掌握那个人的秘密——

这是我从小时候便观察到的父亲的手法。父亲的这种手法用在生意场上或是人际关系中，向来是无往而不利的。掌握对方的秘密，绝不给对方逃脱的机会。这项铁的原则是父亲的事业能扩张至今日地步的关键。

我要知道高冈志夜的秘密，这个愿望得以达成完全是出于偶然的机会。

我虽然调查了高冈身边的情况，但无论是她的学校还是家庭，看上去都没什么问题。在那期间高冈发表了又一个系列《君影草》

的作品，坊间对她的关注度越来越高了。

高冈也许并没有什么秘密——就在我想放弃的时候，我偶然将有关《君影草》的事情写在了寄给法国姐妹学院的一位书友的信中。我们学院一直有活动鼓励学生与世界上许多姐妹学院的学生通过电子邮件进行交流。那位书友经常问我最近读了什么书，于是我便写了《君影草》的事情。

然后她说，她知道类似的故事，然后将很多年前发表过的短篇小说翻译成了英文寄送给我。我读过之后非常震惊，因为那部作品与高冈志夜的小说何止是类似，其内容根本就是一模一样的。

我终于找到了高冈志夜的秘密，而且是卑劣的秘密。

"高冈同学。"

某日放学以后，我向正在收拾东西的高冈打招呼。当时教室里没有其他人，只有夕阳从窗口斜射进来，在地板上剪出我们与桌椅的影子。我第一次主动与她说话，高冈似乎很吃惊。

"你知不知道这部小说？"我把打印出来的法国地方报纸所刊载的豆腐块书评递到她的面前。在夕阳之中，我看到她的脸色突然就变苍白了。

"这是——"她的声音有些颤抖。

"这与你的小说非常相似，真是让我吃惊。你是不是认为只要不把作品翻译成外语，这事就不会穿帮啊？”

“我……并没有想到竟然会得奖。只是以前住在法国的时候听到过这个故事，所以写竞赛稿子的时候就想起来了，不知不觉就……但是因为得了奖，大家都很关注，我反而没法说了。”

“但是抄袭毕竟是不被允许的吧？”

“求你了，请不要对别人说！”她浑身颤抖道，“你要我怎样都行。”

高冈一副走投无路的样子一直恳求我，一副完全屈服的眼神，我知道她的命运已经完全为我所左右，如此快感充溢在我身上。

这是无论花多少钱都得不到的东西。献身、忠诚、完全的顺从，只要我掌握着这个秘密，就可以无限地要求她贡献这些东西给我。

“好的。让这件事成为我们两个人之间的秘密吧。”

高冈猛然抬起头来，我看到她的眼圈泛红，溢满泪水。我全身上下又开始感受到快感。

“我正担任着文学社的会长，你要不要入会？”

“啊？”高冈露出困惑的神情，“当然很高兴，但是为什么？”

“我想你在我身边帮我的忙嘛。怎么样？”

高冈拼命地点头。她肯定想只要这样就可以不暴露抄袭的事，实在是划算。

高冈当然不会知道，做一个完全的配角，是多么屈辱、多么让人无奈，是能够让自己的灵魂逐渐消亡的。

这位充满才气的女学生，从此以后只能按照我的意志行事，在我的身边，看我的脸色一喜一忧。她从此以后只能说我所设计的台词，按照我的剧本行动。

就这样，我掌握了第一个配角。

重建文学社的第二年，作为专业作家的高冈志夜加入，于是文学社的真正活动也渐渐开始了。作为顾问的北条老师、作为赞助者的父亲，还有高冈志夜的入会、活动的展开，这些都让我感到满足。实际上我也渐渐体会到文学的趣味。不能与老师见面的时候，我便阅读老师喜欢的书，以此感触他的世界。一边想着老师，一边试着创作诗歌和小说，然后将自己的作品在小百合和志夜面前朗读，听她们陈述感想，确实是很有意义，也很有趣。

但是，让我内心真正感觉喜悦的，还是受到大家广泛瞩目的志夜必须注意我的眼色、担惊受怕地讨我欢喜，推托掉出演电视节目和接受杂志采访的机会，在沙龙中陪伴在我的身边，将所有的时间和精力都用于为我服务上。

这与我在家中享受由父亲金钱雇佣而来的佣人所提供的服务，感觉是完全不同的。这是我在女子学校这个特殊的环境之中，由自己亲手创造的城堡，只为我而存在的仆从。

配角使我的故事变得更为丰满而光彩。因此，我内心产生了拥有更多仆从的欲望，也可以说是很自然的事了。

小南茜。

她在中年级部的时候，就渐渐以其犹如洋娃娃一般的可爱而引人注意。她拥有玻璃珠一般又大又透明的眼睛、柔软蓬松的卷发、总是充满健康活力的粉红色脸蛋。她的兴趣是做点心，在情人节之前有很多女学生拜托她制作友情巧克力。但是在她温和的表面背后，眼光深处透露出的强硬、野心，这是我所喜欢的。

茜的家里经营着老牌料理店“小南家”，经常被我父亲用来招待客人，或者我们家族聚餐的场所。茜的相貌看上去好像是从西洋童话里走出来的一样，但想到她的生长环境是被酱汁、酱油的味道所包围着，不能不令人感到有趣。

如果像她这么可爱的美少女能够听从我，感觉一定很棒吧。这就好比女主角的故事当中增添了一份美味甜品一般。我急迫地想知道茜的秘密，我希望她的秘密之丑陋与她的可爱成正比。

我开始调查她的周围，也曾在放学后跟踪她。她家在料理店的后面，颇为朴素。不知怎的，我总是能见到她以一副很厌恶的神情走向料理店，然后再叹着气走进自己家里去。

然后，有一天夜里……

平常总是不去别的地方、直接往家里走的茜，突然磨磨蹭蹭地不肯回家，而在杂货店、茶店转悠着浪费时间，最后走到公园里面，在长椅上一直坐到晚上。我感觉很奇怪，便与她保持一定距离，暗中观察。

她坐在长椅上，手掌中出现了亮光。

是打火机。打火机忽明忽暗的亮光，映照出她坚定的目光。

打火机点亮又熄灭了许多次。终于，她站了起来，似乎下定决心似的，举步离开了公园。

茜并没有回家去，而是走入已经关门的料理店。过了一会儿，完全黑暗的料理店窗户后面出现了一点亮光。随后，光亮渐渐变大，跃动着扩展到整个店内。仿佛是被燃烧的火焰追逐一般，茜飞跑了出来。她的学生制服左袖上还有火苗。她慌忙将火苗拍灭，跑入黑暗之中消失了。那座创建于大正元年的木造建筑慢慢被包围在火光中，直至天明之时染红了天空。

第二天早晨的报纸上这样报道：

创业百年的老料理店——“小南家”全部烧毁，可能遭人放火。

× 日晚上 11 时左右，×× 市 ×× 町料理店“小南家”发生火灾，木造二层建筑、约 300 平方米面积全部烧毁。因当时店内无人，没有火种，且着火点并不在厨房，×× 警署怀疑有人放火，正在展开调查。

没有造成人员死伤，也没有波及周围邻居，店铺北侧的小南家住宅也无事。作为店主的小南辰夫先生（55 岁）、其妻子（53 岁）、其长子（21 岁）当时在家，发生火灾后逃出，长女（16 岁）因当时外出无事。

小南辰夫先生对记者说："给大家带来了麻烦并让大家担心，实在对不起。未来一段时间内本店将休业。"

附近居民对于年代长久、深受喜爱的宝贵老建筑就此消失，以及在料理店重建之前无法再品尝"小南家"的美味，表示非常可惜。

……

在学校里，火灾的事情也成为被议论的话题，茜成为大家同情的中心。

"谢谢大家这么担心我。"她苍白的脸上有疲倦的神色。让人心痛的受害者，没有穿被火苗波及的校服，而是穿着对襟毛衣来到学校。但是我，也只有我，知道火灾的真相。

午饭时间，我抓到了从教室中出来的茜。

"真是太不幸了。"

“是，不过我当时不在家还算幸运。等到我回到家一看已经烧起大火了，就算是吃惊也好，悲伤也好……”

“嗯，新闻上也报道你当时是在外面呢。没事真是太好了。”

“真的是……”茜蹙起眉毛，露出悲伤的表情。

“但是我有些在意的事情。”

我一把抓住茜的左手臂，把毛衣的袖口卷起来。茜因疼痛而弯下身去，她的手臂上包着白色的绷带。

“真是可怜，火伤的痕迹还留着呢。”

茜吃惊不小，拍落我的手，把袖口重新卷起来。

“你怎么……”

“我昨天晚上看到了，从你坐在公园里直到后来……”

茜的两只眼睛简直快瞪出眼眶了。

“你……看到了吗？”

“是的，从头到尾。”

“这……”茜纤细的身体颤抖起来，“完了。”

“你究竟为什么那么做？”

“我已经忍耐不下去了。”茜流着泪向我坦白，她父亲放弃了本来打算交给她经营的西洋餐馆计划，决定开设“小南家二号店”，并且将其经营权交给她的哥哥。

“总是偏袒哥哥。从来不教我学习料理，甚至就连店里的厨房也不让我进。所以我以学习西洋料理进行对抗。终于有机会得到承认了，却又被哥哥夺走了。真是无法忍受，对我来说那个西洋餐馆就是我的全部人生价值啊。因此，我也要把父母与兄长的人生搞乱。”

她一边抽泣着流泪，一边以强烈的感情倾诉着。这个孩子不但认为自己所做的事情是正确的，而且一点儿后悔的意思也没有。我越来越觉得茜很合我的心意了。

“哦，原来是这么回事。”

“我知道自己干了件多么蠢的事，被抓到只是时间的问题。父亲连帮工的人都不给钥匙，能够自由进出料理店的只能是我们家里面的人。而当天不在家的只有我，而且这被火烧的伤痕……”

“请别哭了小南同学。”我以和善的口吻对她说，“我非常理解你的心情。”

“哦？”

“这种怀抱梦想的心情，以及为了实现梦想不择手段的野心——小南同学，我为你提供不在场证明吧，如何？”

茜听闻此言，吃了一惊，抬起头来看着我。

“就说你和我在文学社的沙龙里，很晚才回去。并且因为太晚了所以还拜托室生——哦，就是我们家司机——开车把你送回去的，就行了。”

“白石前辈……”

“啊，对了，你有喜欢的作家吗？”

“我不太读课外书的。”

“至少读过一点儿吧？”

“通过教科书知道一些太宰治。”

“那就行了。我和你在沙龙里谈论太宰治直到晚10点，就这样统一口径吧。”

然后，我们详细讨论了内容。以茜过去所写的图书读后感为基础，确定以《斜阳》的主人公和子作为我们那晚的聊天话题。[①]虽然后来茜作为重大嫌疑人被警察叫去说明情况，但由于我和室生做证，使她被排除出嫌疑人范围。

小南茜就这样也落入我的手中。

我果然没有看错人，茜所做的点心全部堪称绝品，就连其上面的装饰都充满少女情调。而且有小巧可爱的茜站在厨房中，手脚麻利地鼓捣生奶油、制作星形或心形的饼干，简直让人联想到小时候的过家家的游戏。这与茜的性格太吻合了，我都后悔为何当初没把厨房搞成乡村风格的。茜本人也非常喜欢这个闪闪发光

---

① 《斜阳》是日本作家太宰治的中篇小说，主人公名为和子。小说以战后日本的混乱为背景，描写了没落贵族斜阳般的生活。

的厨房。

就这样，我顺利且不引人注目地将自己的世界建造起来了。自那以后，陆续被我招入文学社的女学生还有三人。

古贺园子。秉承合理主义、头脑清晰的园子，主动去承担明显没什么好处的复活节与圣灵降临祭的执行委员职务，引起我的怀疑。经过一番调查，果然有内幕：她是为了获得推荐进入一流私立大学的医学部，通过我父亲书房里的电脑登录学校网络的主服务器，把自己的成绩书和评价值都篡改了。

狄安娜·德切娃。她办理入校手续的时候我得知，她获得签证的日期，就在艾玛遭遇事故的数日前，这让我闻到一丝阴谋的气息。我通过盘问，令其流着泪坦白了为得到来日本留学的机会，将姐姐从城堡台阶推落下去的事实。

接下来是二谷美礼。她曾经利用网络与男性进行色情聊天，这把我都听呆了。她还与无法确定数量的男性进行过援助交际。①

美丽的年少的罪人们。

让她们加入文学社，我的世界便完美了。

---

① 援助交际：在日本有部分少女——绝大多数是女中学生——为了获取金钱，与男性以交际为名义提供的色情服务，这在日本是深刻的社会问题，甚至受到国际保护青少年组织的关注。

行动、言辞、世界观，一切都由我任意操纵的牵线木偶。罪人们敬畏我、敬仰我，屏息悄声观察我的一举一动，在绝妙的时间点进入或退出舞台。

由这些配角所拱卫的我充满了作为主人公的自信，越加光辉夺目。

我与北条老师秘密相会的场所除了文学社沙龙，还有另外一个。要去往那里，必须经过地下停车场。

停车场，对于还不能持有驾照的高中女生来说是不大可能去的地方，而且出于安全考虑，学院本来也禁止学生进入。所以，我不能光明正大地前往。每次我去停车场，都要先走到第二校舍，通过理科实验室和家庭厨房前面，走到走廊最里面的拐弯处。在走廊的最里面有一面大镜子，走近便可将我整个人映在其中。这不是面普通的镜子，它是战后不久本学院创建之时，由英国的姐妹修道院赠送的。镜子上刻了《圣经· 新约 · 哥林多前书》第十三章第十二节的文字。

这面巨大的、风格古老的、刻有神秘圣句的镜子让许多学生害怕，但对我来说，这面镜子的存在却有着特殊的用途。

我将安装在墙壁上的排烟启动装置的盒子打开，将排烟手柄一下子按下去，然后推开镜子，在墙壁与镜子之间就会出现能容一个人通过的通道。

穿过这个通道再从反方向推，镜子就会回到原位。整个学院只有我一个人知道这个机关。

走到里面去是木制的楼梯，通过这里走到地下去。以前这座校舍还是修道院的时候，这是从地下储物间通往楼上三层的楼梯的一部分。但是改建的时候楼上的楼梯被拆除，变成了理科教室，只有往地下走的这段楼梯留了下来。因为木头腐朽得太厉害，为了防止事故就被封锁了起来，现在替代墙壁的就是那面大镜子。这样一个机关是当初考虑未来可能要把镜子拆掉才保留的，只有施工者才知道。我能够知道这件事，完全是因为负责改建工程的公司是我父亲经营的。

我小心地将镜子推回原位，走下楼梯，旁边有一扇小门，走出去就是停车场。北条老师总是将自己的车停在这扇门旁边，这样我能够不被任何人看见就顺利地溜进老师的爱车里。

老师总是在驾驶席上等待着，以怜爱的眼神看到我坐上旁边的副驾驶席。老师总是先与我接吻，再发动车子上路。

这就是我们幽会的另一个隐秘场所，可以享受游车河、兜风、眺望炫目的夜景。为了防止被人看到，我绝不下车去活动。如果说沙龙是我创造出来的隐蔽之所，那么这辆车便是老师掌握主动权的秘密空间。对我来说，这个空间是野性的，无比刺激。

在沙龙和车中悄悄孕育着秘密之恋。

我与老师相处的时候一直在想，这样的关系如果能永远持续下去就好了。也许是因为我太祈盼未来能和老师在一起了，在我的身体中诞生了新的生命。

“是真的吗？”当我告诉老师我怀孕的时候，老师非常吃惊。

“嗯，是真的。那该怎么办呢？”

“没有别的选择啊。”老师深吸了一口气，笑着说，“我们结婚吧。”

“啊？”

“我去请求令尊。还有一年你就毕业了，他一定会答应我们的。”

“真的吗？”

“怎么，你不想结吗？”

“当然想，只是感觉太幸福了。”

“小傻瓜。”老师抱住我，温柔地亲吻。

“啊，真是等不下去了，我们两个人快一起建立家庭吧。”

“但我爸爸很强硬，应该是不会答应这桩婚事的。”

“像我这样做老师的也不行吗？”

“嗯。”我老实回答。

老师笑着拨了拨我的头发，说：“我会一直诚恳地求他，直到他答应为止。只要你不放弃继续爱我。”

“啊呀，我不爱老师的情况是永远不会发生的啦。”

“哈哈，说这样的话真是年轻啊。但是也好，年轻直率就是美好的。我就是最喜欢你这样的性格。”

老师说着，有些寂寞地笑起来。像这样偶尔说点儿落寞的话，也是他非常吸引我的原因。

“什么时候我去拜访吧，越早越好。”

老师把手伸向手账，但是我凑上嘴唇阻止了他。

“等一下，不要立刻就去。”

“嗯？”

“再等三个月……请等到 8 月份的时候，那时就已经错过了可以堕胎的时期，那样的话我爸爸也没法反对了。”

总而言之要撑到 8 月份。

我们抱着这样的打算，尽量避免引人注目的行动。在沙龙中、在车上的幽会全部取消了，连电话也不打了，只通过邮件沟通。

“是男孩儿还是女孩儿？”

“我感觉是女孩儿。”

“女孩子像你，那就太好了。”

“名字取什么才好呢？”

“铃兰怎么样？花语是纯粹的幸福。”[①]

“真好啊，取这个名字很可爱呀。”

我的身体渐渐发生了变化，不断地想要呕吐，无法消除的倦怠感，纠缠不休的头痛，我在沙龙里的时候总是躺着。曾经那么喜欢茜的点心，如今却是闻到了便觉得恶心，直到呕吐到整个胃袋都空荡荡的为止。

身体状况恶化的同时，代谢功能却活跃起来，指甲和头发拼命地疯长，肌肤也变光滑了。因为吃不进东西还经常呕吐而不断消瘦，但是因为荷尔蒙分泌增多，眼瞳反而更增加了光辉。

我已经是铃兰的母亲了，人生还有比这更幸福的事情吗？

我的故事是完美的。

然而，让我没想到的是，配角们会让我的计划出现破绽。

Ⅱ

“泉。”模拟考试的最后一天，我与小百合正在走出校门的时候听到有人叫我。是父亲，他正坐在室生驾驶的轿车上。

---

① 铃兰花的花语很多，包括再次得到的幸福、无意识的美、纯粹、放松、平稳、谦逊。

“父亲，您来学校啦！”

“上车，现在马上回家去。”

“啊呀，好不容易考试结束了，我正要和小百合一起……”

“快上车！”

父亲尖锐的语调令我产生了不祥的预感，在那一瞬间我和小百合目光交汇了一下。大概是因为感受到我的不安，小百合试探地向父亲问道：“伯父，好久不见。请问我能不能一起去？”

“不，今天你就不要来了。”这一句话令我不祥的预感更强烈了。

“明白了父亲。小百合，咱们再联络吧。”

回到家里，我立刻被带到了父亲的书房。门口放着二谷同学的鞋子，我慌里慌张的，还踩到了她的鞋子。

“你和那个姓北条的老师，到底是什么关系？”

突然之间被如此质问，我的心脏好似被一把掐住似的，万分震惊。

“父亲大人，您问什么呢？”我想尽量保持冷静地作答，但是声音已经颤抖起来。为什么父亲会知道我和老师的事？

“你真的是和他在交往吗？”父亲以令人惊恐的神色追问，眼球已经血红了。

“不可能啊。”

虽然我否认，但是父亲依然神色严峻。究竟是谁向父亲透露了老师的事？难道——难道是小百合？但是接下来发生的事让我知道怀疑小百合是完全不对的。

“看到这些你还想否认吗？！”

父亲将书桌上的一堆照片扔给我看。照片上是以巴尔干山脉为背景，正在互相对视的我和老师。那是在里拉修道院的时候。还有几张是游览玫瑰谷卡桑拉克时正在接吻的我们。

为什么？什么时候被拍了这样的照片？

我以颤抖的手将摔在地板上的照片一张张捡了起来。

父亲用冰冷的声音说道：“完全是不知羞耻！真没想到你居然这么愚蠢。”

“但是……我是真心爱老师的啊。”我抬起头来与父亲的目光对视。

“这是什么蠢话？总而言之，绝不允许把孩子生下来！”

我又被吓了一跳。是我听错了吗？

“父亲，您刚才说什么？”

父亲默默地从书桌抽屉里拿出一张纸来，丢到我面前。看到那上面印着的字，我整个人顿时如陷冰窟。

那是超声波检查照片的拷贝，检查日期与我的名字都用罗马字母清楚地印在上面。我明明没有使用医疗卡，还特地跑到郊外医院去做的检查，怎么还……

“总之，绝对不允许生下来，知道了吗？”

父亲愤怒地把那张纸给撕得粉碎，纸片在我面前凄惨地飞舞着落下。虽然她还只有那么一点点儿大，我可爱的孩子，未来将成长为名叫铃兰的孩子。

我全身失去力量，颓然跌倒在地板上。这原本是谁都不可能知道的秘密，一定会被严守到底的秘密——

“那个混账老师，什么真心相爱！”

“——您见过他了？”

“刚才我已经把他炒了，叫他从这所学院里滚出去，而且绝对不准和你再见面！”

“父亲，您太过分了！”

“过分？你应该感谢我还让那个混账活下去。”

是的，父亲向来是绝不会给对手留活路的。他就是靠这样的强硬才有今天的地位。如果让父亲更加生气的话，把老师杀掉也不过是小事一桩。

我又哭又闹，结果脸上被扇了几个耳光。在那之后的事情就不太记得了。应该是被强拉到父亲经营的医院里面，在那之后的一周时间，躺在床上抚摸着已经空荡荡的腹部不停地痛哭。已经无心做任何事情了，一切都是虚无，一切都没有意义。

我直到出院之后才算恢复了冷静思考的能力。这一连串的事情究竟是怎么回事?

在保加利亚偷偷拍摄我与老师相处照片的人，要么是高冈，要么是狄安娜，或者两个人都有；有机会向父亲告密的人，应该是有机会进出我家的二谷或者高冈，或者两个人都有；能够知道我已经怀孕的人，可能是注意到我饮食口味变化的小南，或者是察觉我身体变化的狄安娜，或者两个人都有；能够搞到检查照片的人，可能是曾在医院里实习的古贺，或者是曾捡到我手账的小南，或者两个人都有。

也就是说……文学社的全体成员都有参与对我的背叛。

我这些无比顺从的配角们，突然将最后通牒掷到我的脸上。声言并不是永远只有我来掌握她们的秘密，如今她们也控制了我的灵魂。

是的，这是她们向我发出的宣战布告。

出院之后，我回到学院看过一次。表面上，我是因为得了肺炎而需要长期住院的，而老师则是以其母亲患重病为由紧急辞职了。谁都不知道真相——除了我，还有文学社团的成员们。

老师的手机打不通，写过去的邮件也都因地址不明而被退回。我是不是再也见不到老师了？我在绝望中来到学院，前来相迎的只有小百合。

“恭喜出院。”小百合一把抱住我说。

“小百合，真想见你啊。你怎么一次都不来医院看我呢？”

“我去过好几次的，但都被令尊挡住，不让见你。”

“啊！”

“这次的事情让我之前所做的在场证明全都暴露了真相，因此令尊非常生气。”

“原来是这样，也给小百合你带来了太多麻烦。”

“这不用在意。”

“我现在就想死。”

“哎呀，不要说这样的话。《圣经》上不是也写着不能杀戮吗？那也包括不能杀死自己呀。”

“《圣经》什么的，”我愤愤地从齿间吐出话来，“我绝不会再看一个字！什么教堂，什么十字架，我再也不会去靠近。我已经眼睁睁地看着自己的孩子被杀了！”

“不要自暴自弃啊，要向前看。”

“没用了，活着已经没有意义了。”

“有意义的，什么都可以挽回。这些健康祝福送给你。”小百合一边说，一边将画着可爱小猫的绘画纸塞进我的手里。

“啊……”看到这张纸，我不禁叫了一声。

“是吧？”小百合颇为自信地点点头。

那纸上写着老师的新手机号码、邮件地址，还有现在居住的地方。

“我从老师那里打听到的。他一直在等着你联络呢。”

“小百合……”

“孩子的事太遗憾了，但是你还可以和老师重新开始。因此你一定要振作起来，从现在开始，任何事情我都会帮你的。”

如果那个时候没有小百合的话，我是绝对不可能再振作起来的。

只有老师才是我生存的真谛。于是，我再次鼓起勇气，又一次感觉体内充满了生存在世的愉悦。

但还有一件事情，可以给予我生存的喜悦。

那就是复仇。

背叛我、害死了铃兰的那五名社团成员，都将承受我的复仇。

Ⅲ

我的复仇，就是将那五个人一起叫出来，到阳台上面，然后就在她们的面前跳下去。没有留遗书，而是带一把铃兰花。

你们肯定会惊慌失措到极点，真没想到白石泉会自己选择死亡。充满谜团的自杀，一定会让所有人对于铃兰花的意义进行彻底的追问。然后，被你们所害死的我肚子里的孩子、你们设计的对我的陷害，以及你们之所以如此做的原因——也就是你们曾犯下的罪——都会大白于天下吧。

是的，铃兰花，就是我发出的恐吓状。

在我死之后，你们一定会被逼入极为难堪的境地吧。然后，你们会绞尽脑汁，最终会想出一个办法来。

只要能证明那不是自杀，是他杀就可以了。就说有某个人对我持有明显的杀意，并将我杀死，然后对于铃兰花给予完全不同的释义。因此，你们自身就会出去散播“社团成员的××杀了泉”的流言，导致每个成员都遭受怀疑目光的注视——全员都被怀疑，也就无法再确定谁是凶手。

我进行了上述规划，然后在一周之前，我在你们五个人的面前跳下了阳台。全身是血，被救护车运走了。

但是我没有死。从阳台往下跳，一层和二层之间有石制的拱门，先跳到那上面，然后再往花坛里跳——事前小百合准备好了缓冲垫子在下面，又在花草之间满满铺了一层泥土烂叶——这样跳在上面，立即将事前准备好的血浆往周围撒上一通。

我被送到了父亲的医院里，果然做不到毫发无伤，有一只手腕挫伤了，身体其他地方也有受伤。接受治疗之后，我留下了一张要与北条老师一起生活的便条就跑出了医院。父亲为了掩盖女儿私奔这件丑事，只能秘密地寻找我的去向。校长也隐瞒着白石家的丑闻不让学生们知道。因此，我已经死去的消息越传越广，无人可以揭穿真相。

就在那时，小百合抱着一束白色花朵来到学校，流着泪放在我的桌子上——如此一来，“白石泉已死”几乎就成了必然真实的了。在女子学院里面，浪漫的幻想一定会战胜现实的存在的。而我的死亡，直至今日，终于将你们逼入了绝境。铃兰的秘密到底会不会被发觉，你们一定为此烦恼且害怕吧。

就这样，我完成了令你们陷入恐惧之中的复仇，同时也得到与北条老师一起生活的幸福。

如此完美的复仇计划，我一个人是无法策划并实施的。这一切得以顺利完成，离不开澄川小百合的大力协助。小百合预测到——无论是我父亲还是学校方面，都不会愿意将我的私奔公之于众，而真的认为我已经死了的你们，也会各自寻找替罪羊，以便掩盖自己的秘密——然后，我们便策划出了复仇计划的细节。啊，我美丽的参谋。她那细致的洞察力真令我从心底里敬服。她居然能够将我的复仇计划演绎得如此彻底而出色。

现在的我，正在北条老师的新居所中写这篇小说。在这个小小的、寂静的蜗居之中，虽然生活毫不宽裕，但是充满温暖的幸福。也许从另一个意义上来说，幸亏你们实施的阴谋，我才能够得到这份幸福。如果没有你们的背叛，恐怕我如今也还在躲避周围人的视线、与老师继续进行无聊的表演吧。

这篇小说写完之后，我将偷偷地回到沙龙里去，借助黑暗的掩护，我将出席例行的会议，一边暗自发笑，一边聆听你们的朗读。

顺便说一句，今晚的火锅会上，我也提供了食材。

今夜的火锅，不知你们有没有察觉到有着浓郁的铃兰花香味的东西。

铃兰属的植物，其花朵和根部都有强烈的毒性。强心配糖体中的铃兰毒苷、铃兰苦苷、铃兰毒原甙……想成为医师的园子对这些应该很熟悉吧？[①]

---

① 铃兰毒苷（convallatoxin）、铃兰苦苷（convallamarin）、铃兰毒原甙（convalloside），都是从铃兰花中提取的毒性物质，其毒性作用于心脏，是医学上经常用于抢救暂时心跳停止者的强心配糖体主要成分。但是如果人在一般状态下摄入强心配糖体，将导致心律严重紊乱，产生呕吐、头痛、血压低下等症状，严重情况下导致心脏衰竭而死。上文提到法国香水使用铃兰花液作为原料，其实就是利用了这一原理，近距离接触某个喷洒了铃兰香水的人很容易会对这个人产生心跳不止的反应。

胆敢欺骗主人公的肤浅的配角们，必须彻底退出舞台。你们今天主动集合在这里，将进行集体自杀。

是的，让你们写小说的真正意图就在于此。你们所写的小说，其实就是你们的遗书。

这些回顾我的死亡、悼念我并追溯有关我回忆的故事，强烈憧憬我、爱着我、完全不能接受我已经不在的你们，一个个都创作出了可以解释自身死亡理由的故事，并当众朗读，然后在今晚抛弃年轻的生命。这个沙龙就是美丽的棺材，给你们的死亡添光增彩。

这就是本人故事的高潮。

只有处于思春期、感受性与自我意识无比强烈的女子高中生，才会迎来如此感伤的结局。

再见了，愚蠢的配角们。

在你们都死了以后，这个故事将会继续讲述下去吧。因为，这是我——白石泉的故事。

闭会致辞

发言人：会长　澄川小百合

朗读已结束。

大家感觉如何？有没有充分体会到乐趣？

正好食材也全部消耗完毕了，那么火锅差不多就盖上了吧。

哎呀，怎么了？为什么大家都一声不吭？黑暗之中什么也看不到……难道你们正在发抖？玻璃杯正在发出震颤的叮当声哦。

嗯，你问刚才泉的小说？

那确实是我从泉那里得到的小说。从头到尾，每一个字都是泉写的。

是的，泉什么都知道。你们那些刻薄、肮脏的企图早就被看穿了，偷偷摸摸、愚不可及、肤浅粗鄙的阴谋，早就不是秘密了。

愚蠢的女孩儿们，继续被泉饲养着就好了，乖乖地、顺从地被疼爱就好了。确实经常会有害怕的感觉，只要泉一句话，就能把你们从天堂打入地狱。只要泉把你们的秘密说出去，你们就彻彻底底地完了——因此，你们每时每刻都提心吊胆地过着日子。

但是，这不正是需要策略的地方吗。泉正是擅长此道，因此才能如此随心所欲地操纵他人，浑身充满不可抗拒的魅力。

是的，泉才是天生的蛇蝎美女。从不隐瞒自身的高傲，掌握你们的秘密，堂而皇之地将之利用彻底，使得自己永远成为众人的中心。因此，你们也应该对她全面示弱，只管钻入泉的怀抱中依靠她，彻底做一个配角。如果这样的话，大家都会平安无事的。

怎么了大家，为什么都哭起来了？干吗要这么害怕啊。——嗯，你问锅里放铃兰花的事？在这个完全黑暗的沙龙中，无论放什么都没有人知道的黑暗火锅，锅中无论冒出怎样奇怪的香味，都没有人会觉得奇怪。正因如此，泉才选择了今天作为复仇之日呢。嗯，是的，我确实亲手把铃兰花给放进去了。

啊呀呀，你们往门那边跑也没用啊。门已经从外面锁上了，当然窗户也是。——是的，你们没法从这里出去了。因为这里是泉设定好的复仇舞台，这个沙龙就是舞台，而你们就是演员，导演就是泉。演员在导演说“停”之前，是不能从舞台上下来的。嗯？突然大汗淋漓了？眼前模糊了？胃痛起来了？止不住浑身颤抖了？想要呕吐了？

你们是可以责备我的。嗯，是的，如你所说，我就是这个计划的首要策划者。泉来找我商量如何进行复仇，于是我就进行了慎重考虑，预测了各种可能出现的事态，制订了无懈可击的计划。

这是能够对你们进行最大限度的恐吓，并使泉和北条老师获得幸福的方法。不过说起来，是你们这些蠢材先出手的吧？

行了，用不着这么大声嚷嚷，反正谁也听不到，还丑态毕露的。我们无论在任何情况下都应该是值得骄傲的圣母女子学院的学生，请不要忘了。嗯，不然怎么样？

总之，先喝杯鸡尾酒，平静一下吧。好好听我说话。

现在冷静下来，动脑子想一想吧。为什么我要代替泉来朗读她的小说？

泉明明在小说里面写了，她会在黑暗中混进来参加火锅会的。但实际上她并没现身。泉是放弃亲手复仇了吗？不，并非如此。泉可是很记仇的，而且她今天也确实打算前来此地。为了向你们进行报复，她的手中还捧了一大束铃兰花。

今天中午的时候，泉和我一起按原计划完成例会的准备之后，一边喝着格雷伯爵，一边将刚才的小说读给我听。她的眼眸中散发着光亮，声音因为太过高兴都发颤了。

“感觉如何？”泉问我。

“我想这是最棒的小说了。”我实事求是地陈述着自己的感想。我从心底里觉得她的作品非常完美。被花香包裹的美丽的复仇，还有什么复仇方式能够比之更具有女性美的内涵吗？我非常高兴自己能够参与到这个复仇行动之中。

“计划能够完善到这个程度，都是你的功劳啊。”泉这样对我说。

美丽又聪明的泉，她能够将所有的人物与事物都随心所欲地加以利用，以实现自己的欲望。这是多么无情、冷酷、过激、骄傲、自大的自我中心主义者——然而，这正是泉的魅力所在，唯此，计划才能够如此刺激。

从我与她在初年级部初次相遇至今，泉一直都是这样的女孩儿。我一直憧憬着与我完全不同的泉，同时绝不会冒出追赶她的念头。我那时体弱多病，每次要休学的时候都被嘲笑是存在感稀薄的少女。

那个时候，我每次结束一个星期左右的休学疗养、心中怀着会被其他人讨厌的担忧走入学校时，都会发现那些有恶意的同学已经被强制退学了。据说，不是放在教堂里面作为装饰的圣杯失窃，就是修女的祈祷念珠被盗，还有其他学生的贵重物品也会接连丢失……然后，泉就在这些学生的书包里找到了那些被偷的东西。我大为吃惊，却看到泉微微笑着向我点头。那一瞬间，我明白了这都是泉安排的。

我不明白泉为什么会为我做这样的事。但是我在泉的身上看到了我所没有的东西，并为之强烈地吸引着。泉也许对我也有同样的感受。我们在那时非常非常紧密地结合在了一起。我决心成为站在她影子里的搭档。

犹如躲在暗处培养歌姬克丽斯汀成为明星的幽灵[①]，犹如协助夏洛克·福尔摩斯进行顺畅推理的华生医生[②]，犹如一直在背地里坚持不懈帮助斯嘉丽·奥哈拉的梅兰妮·汉密尔顿[③]——他们都是为了能够让搭档闪耀光芒而不惜任何努力的，处于影子里，同时互相依存——他们都是两个人却合为一体。只有搭档的光芒才是他们的生存意义所在。

所以，我也是如此，只要是泉的愿望，无论如何我都会为她实现。为了保护灿烂耀眼的泉，我将奉献自己的身体与灵魂。

陷入教师与女学生之间禁忌之爱的泉，身上现出越来越强烈、犹如火焰一般的美丽。她表面上举止很冷静，但体内却燃烧着情欲的烈火。而以这火焰炙烤其自身——如此强烈的爱恋使泉的身上涌现出性感妖艳的色彩。我在一旁观察着，并有着骄傲的满足感。

因此，当我知道你们的背叛行为时，相比泉，其实是我的怒火要更大一些，我绝不能让你们捣乱。因此，我绞尽脑汁，思考

---

① 音乐剧大师安德鲁·劳埃德·韦伯的代表作之一《歌剧魅影》中的情节。

② 英国作家阿瑟·柯南·道尔塑造的人物。

③ 美国作家玛格丽特·米切尔长篇小说《飘》（又名《乱世佳人》）中的两位女性人物。

着将你们彻底逼入绝境的方法。诈死、私奔、照常举行例行火锅会、上演复仇行动——所有的计划都由我精心安排。为了保卫我心爱的泉，保卫我一手打造的、名为白石泉的作品。

一切都在今夜、在这个沙龙之内显现了真相，真是令我心潮澎湃。

“这个火锅会结束之后，我不会再回来。”泉之前如此说道。

“是的……虽然很寂寞，但只能如此。”

“在乡下生活也好吧，欢迎小百合随时来看我哦。”

“谢谢。”

“我从今往后就只和老师一起生活了。生一堆可爱的孩子，做一个贤妻良母。如今，我就只有这个梦想了。”

泉天真地笑着。那张笑脸上，能够看到一个平凡母亲的表情。虽然那表情只是短暂的一瞬，但我仍然捕捉到了。

泉之后一边喝着格雷伯爵，一边谈论着今后如何与老师展开新的生活，两个人将如何平静地过日子，如何享受日常的幸福点滴……泉那攻击性的眼神渐渐染上了平和的颜色，尖翘的嘴唇也温柔地抿着。

泉居然会做出如此平庸而俗气的表情，我对此愕然了。真是讽刺啊，我所有的努力和贡献，最后结局竟然是剥夺了泉原本不可抗拒的魅力。是老师与学生的禁忌之爱，才令泉身上的魔性不断增长起来。我一直在旁协助至今，泉却在计划未来安稳平静的生活了。

我突然间无比焦虑。为了让泉变成今天的模样，我费了多少精力与智慧啊。但是这一切都已经无法挽回了——面对眼前沉浸在幸福中的泉，我茫然若失。

然后，就在那个瞬间，一个念头突然闯进我的脑海，就好像有人贴在我耳边低语一般，这声音回荡在脑中：

——比起如今的泉，也许我才更适合当主角。

啊，如此向我低语的是谁呢，是天使吗？是恶魔吗？我在瞬间便被这个念头彻底迷住了。

如果克丽斯汀、福尔摩斯、斯嘉丽失去其主角的光辉，那么幽灵、华生、梅兰妮便产生了想要成为主角、继续拉动故事进行下去的愿望，这岂不是非常自然的事吗？

主角的交替——主角从泉变成了我。

是的——就在那一瞬间，这个沙龙从泉的复仇舞台变成了主角交替剧的舞台。

主角的交替，这是天翻地覆的大事。为了新的世界观，为了让新的主角闪亮登场，到此为止的那位主角应该要华丽地退场了。然而，这场戏还需要观众。于是，我在那个瞬间便思考决定了：很简单，泉所准备的用于复仇的小道具，这下可以拿来为我所用了。

——是的，我将铃兰花放入了格雷伯爵茶壶之中。

正如泉的小说中所写，即使泉消失不见了，她的家人也只会以为她私奔了，而老师则会以为她被其家人抓回去了。通过我的手，泉将以最美丽的姿态从这个世界上消失。在昏暗的吊灯下，泉的身体慢慢倒下，伏在了撒满铃兰花瓣的地板上——啊，这是何等美丽的景象。那一瞬间的白石泉，才能说是我所创作作品的巅峰。

各位，从今日开始，澄川小百合的故事翻开了第一页，请你们一定谨记。你们从今往后，将要为我的故事添加光彩。但是，请你们一定要注意自己的言行。如今，掌握着你们每个人秘密的人就是我。而且，你们今晚所食用的东西，是我分给你们享用的、终生都不可能抹去的东西——你们的新罪恶的证明。

耶稣基督将圣体与圣血分给弟子、信徒，由此使得自身永远与他们相伴。[①] 同样，为了实现与泉一心同体，为了永远不忘怀她

---

① 前文已有涉及基督教的圣餐仪式。此仪式来源是记载于《圣经·新约》的耶稣与其门徒们举行“最后的晚餐”。当晚耶稣已知自己被出卖、行将赴死，遂拿起饼来，祝谢了，就掰开饼说：“这是我的身体，为你们舍的。你们应当如此行，为的是纪念我。”饭后，也照样拿起酒杯来说：“这杯是用我的血所立的新约，你们每逢喝的时候，要如此行，为的是纪念我。”由此可见，耶稣是以食物和酒做比喻，要求信徒永远牢记，通过仪式永远对其缅怀，而并非真的割出血肉给信徒分享。

的美丽，并以此作为今后的人生支柱——我想这就是你们这些背叛者所必须承担的责任。在你们的体内，泉那美丽、高贵、骄傲、纯洁的灵魂已经根植其中了。

好了，差不多应该把吊灯点亮了，把最后一道甜品拿出来吧。这是我从早上就开始制作、专门为大家所烧制的“维纳斯的手臂”。请哪位——请高冈同学给大家分切一下吧。哎呀，大家又怎么了，干吗这么发抖呢，还铁青了脸？小南同学，你从锅里面捞起来的手表和去年一样，是香奈儿的限量版吧？泉是很喜欢这手表的，每天都戴着呢。现在变成你的东西了，可喜可贺啊。

啊，说起来，成为主角的这种感觉真是愉快啊。请大家举起杯来，为了我，干杯吧。

本学期的朗读会实在是太精彩了。虽然泉已经不在了，但她所留下的沙龙、藏书都会继续得到充分的利用。我想，这就是对她最好的怀念吧。

外面的大风大雨仍然在持续，请大家回去的时候一定要注意脚下。非常感谢今天大家的参与。

以上，本学期最后一次例行会议结束。

祝各位，晚安。